A VISITA DE JOÃO GILBERTO
AOS NOVOS BAIANOS

SÉRGIO RODRIGUES

A visita de João Gilberto aos Novos Baianos

Contos

1ª reimpressão

COMPANHIA DAS LETRAS

Copyright © 2019 by Sérgio Rodrigues

Grafia atualizada segundo o Acordo Ortográfico da Língua Portuguesa de 1990, que entrou em vigor no Brasil em 2009.

Capa e ilustrações
Rafael Nobre

Preparação
Márcia Copola

Revisão
Isabel Cury
Huendel Viana

Os personagens e as situações desta obra são reais apenas no universo da ficção; não se referem a pessoas e fatos concretos, e não emitem opinião sobre eles.

Dados Internacionais de Catalogação na Publicação (CIP)
(Câmara Brasileira do Livro, SP, Brasil)

Rodrigues, Sérgio
 A visita de João Gilberto aos Novos Baianos : contos / Sérgio Rodrigues. — 1ª ed. — São Paulo : Companhia das Letras, 2019.

 ISBN 978-85-359-3233-1

 1. Contos brasileiros I. Título.

19-25990   CDD-B869.3

Índice para catálogo sistemático:
1. Contos : Literatura brasileira B869.3
Maria Paula C. Riyuzo – Bibliotecária – CRB-8/7639

[2020]
Todos os direitos desta edição reservados à
EDITORA SCHWARCZ S.A.
Rua Bandeira Paulista, 702, cj. 32
04532-002 — São Paulo — SP
Telefone: (11) 3707-3500
www.companhiadasletras.com.br
www.blogdacompanhia.com.br
facebook.com/companhiadasletras
instagram.com/companhiadasletras
twitter.com/cialetras

Sumário

LADO A

A visita de João Gilberto aos Novos Baianos, 11
A fruta por dentro, 19
Vas preposterum, 25

LADO B

Conselhos literários fundamentais, 45
Cenas da vida zooliterária, volume 1, 55
Breve história de alguma coisa, 77

TERCEIRA MARGEM

Jules Rimet, meu amor (Folhetim), 95

John Cage ofereceu a gaiola vazia a João Gilberto e disse que era um presente de despedida.
— This cage — *disse John Cage* — contains the Bird of perfection.

Sérgio Sant'Anna, *O concerto de João Gilberto no Rio de Janeiro*

LADO A

A visita de João Gilberto aos Novos Baianos

O homem chegou num fim de tarde de sábado, tipo cinco horas. O Moraes tinha inventado aquele dia de fazer uma moqueca mas, típico, perdeu o pique e a Ritinha teve que assumir. Moqueca atrasada, todo mundo faminto e quase de porre da cerveja na barriga vazia, um táxi Opala novo e de banho tomado para na estradinha de terra e me desce um cara de terno preto carregando um violão.
    Eu ri. Fazia um calor de melar cocaína, quase todo mundo no banho de mangueira, neguinho de sunga, Teresa Olho de Peixe, Baby e Pepita nuns deliciosos biquínis quase teóricos, de repente me desce do táxi a porra de um coroa de terno preto carregando um violão. De olhar, só olhar, pinicava o cocoruto. O táxi engatou uma ré e sumiu. Lembro de pensar, sujou, mas não deu tempo de ir longe na paranoia porque de repente o tempo parou.
    Sei lá quanto tempo o tempo ficou parado. Uma pausa de mil compassos do Paulinho, alguma coisa assim.

O primeiro que abriu a boca foi outro Paulinho, o nosso. Caralho, ele falou, cantando a palavra. O cara de terno tarra em pé no portãozinho capenga entreaberto como se estivesse encabulado de entrar, sorrindo de leve. O sol bateu de chapa nos óculos dele, ricocheteou na buganvília que emoldurava o portão, foi terminar de chispar lá longe. Os gêmeos vieram engatinhando os dois ao mesmo tempo na grama em direção ao sujeito. Balbuciavam: Ho-ba-la-lá, ho-ba-la-lá. O velho Pirata, que tarra deitado perto do balanço da mangueira, também convergiu pro portão. O recém-chegado era um ímã. De repente o Pepeu veio de dentro da casa esbaforido atrás dos gêmeos e levou um susto ao dar de cara com a cena. Falou: Epa!

Só aí o Moraes levantou a cabeça, piscando muito.

Naquele sábado o Moraes já tinha fumado três charros da grossura da canela da Ritinha e tarra há umas duas horas afundado em si. Sentou de lado na rede e tarra tentando calçar o chinelo quando um sorriso aberto iluminou a cara dele em sinal de caimento de ficha, e aí o andamento mudou radical. Com um salto ágil que eu nunca tinha visto ele dar, o Moraes ficou em pé e começou a gritar de braços abertos: João, meu rei, João, lá vem meu rei João, meu rei, cantando. Era a primeira vez que eu via esse comportamento de fã no Moraes, um cara no geral bem altivo e tal. Comecei a entender que normal era uma coisa que aquele dia não ia ser.

Decidi ir pegar o cavaquinho que eu tinha deixado em cima da cama e aproveitei pra dar uma mijada. Quando voltei tarra todo mundo abraçado em fila dupla em volta do visitante. O Paulinho chorava, a Baby e a Pepita não paravam de rir, a Ritinha tipo olhando de fora meio incrédula meio enternecida e eu pensei, essa maconha que o Espectro trouxe ontem é veneno demais. Todo mundo mutcho louco, aquele não era o maluco chato da bossa nova, vozinha sussurrada, cara de contador ou de crente? Por que caceta tarra todo mundo tipo, vi Jesus agora? O Moraes beijou a mão dele, o Galvão também. A Pepita, aliás Pepita Montez, ninguém menos, a famosa atriz da pornochanchada que eu não sei bem o que fazia lá, a Pepita beijou estalado as duas bochechas, no que foi imitada pela Baby. A Teresa entendeu mal e tentou patolar o cara, mas foi contida pela Ritinha. Quando chegou a minha vez de abraçar o João, porque eu saquei que pegava mal não pagar meus cumprimentos e tal, eu era o mais novo ali, dei um tapinha no ombro e falei: Sou desafinado também. O que é verdade, cantando eu sou uma saracura baleada. Ha, he, hi, hi, hi, o Paulinho riu.

A Rita avisou que a moqueca tarra pronta. Chegou na hora certinha, ela disse pro João, depois falam que baiano é atrasado. Fomos andando pra mesa da varanda. O pessoal comentava com o João como tinha sido legal uma outra vez que eles se encontraram, parece que num apartamento na cidade, mas que agora, no sítio, ia ser muito melhor. Eu não sabia nada daquilo de encontro em apartamento, não andava com o pessoal na época. Vi que os gêmeos tinham caído no sono no canto embaixo do nicho onde ficava a imagem de São Jorge. Pirata montava guarda junto deles.

Enquanto a Ritinha e a Tê traziam as panelas de barro com sua rabiola de fumaça, um perfume de enfeitiçar a vizinhança se ali tivesse vizinhança, apertei em cima da mesa uma tora que tarra mais pra canela da Baby que da Ritinha e ergui uma oração ao Espectro, que na véspera quando apareceu no sítio de moto com sua matula tinha

13

contado a história do irmãozinho doente dele. A parada era tipo filme de terror, o irmãozinho do Espectro ia morrer se não aparecesse um doador de um tipo de sangue lá que só ele mais doze pessoas no mundo tinham, e o Espectro contou que por isso andava metido naquele negócio de vender bagulho, necessidade.

O pessoal começou a se servir de moqueca, arroz e pirão. Risquei um fósforo da marca Olho, acendi a tora e passei pro João. Ele pegou, olhou o beque com bitola de charuto. Botou na boca, tragou fundo e prendeu a fumaça. Quando soltou o ar, quase não tinha fumaça mais. Repetiu a operação mais duas vezes.

Depois de finalmente passar o baiano pra Pepita, João abriu a boca pela primeira vez desde sua aparição no Opala amarelo. Disse que um médico de Nova York que ele conhecia podia ajudar o irmãozinho do Espectro. Isto é, talvez.

Amém, eu falei.

Manera nessa pimenta aí, mestre, disse o Galvão.

O João tinha enfiado uma colher de sopa na cumbuca de dedo-de-moça curtida em azeite, pimenta de matar cavalo.

Nossa, verdade, disse a Ritinha.

A colher voltou da pimenteira com uma pequena piscina de lava. Três ou quatro gotas davam conta do serviço e ali tinha um laguinho. Cagando pro pessoal, o cara despejou aquilo em cima do seu arroz com pirão, misturou tudo e deu uma garfada com vontade.

Todo mundo fez silêncio. Ficamos esperando o incomparável gênio da bossa nova cuspir o arroz com pirão num jato aqui, jato acolá. Nada. Ah, tudo bem, mas então vai fazer uma careta engraçadona, pelo menos. Só que careta nenhuma. Porra, o cara é duro na queda, mas das lágrimas ele não escapa. E nada. O João engoliu aquilo com expressão serena e meteu na boca outra garfada letal como se fosse papinha de neném. De repente eu percebi que tarra prendendo a respiração e soltei ela caindo na risada. O Moraes riu também. Propôs um brinde e se levantou pra ir buscar no armário a cachaça de moringa que tinha trazido de Pernambuco. Botou ela na roda. Quando chegou a vez dele, o João virou a moringa no gargalo. Ali eu resolvi que gostava do cara. A Baby emendou uma história comprida que eu apaguei. Tinha a ver com Rajneesh, que ainda não era Osho. Seguiu o almoço, a moqueca da Ritinha tarra bem boa, e eu fui entendendo que o João não falava. Indicar o médico americano pro irmãozinho do Espectro tinha sido a única manifestação verbal dele, no mais o cara só ouvia, sorria, comia, bebia, fumava e soltava uns arrotinhos minimalistas. Rolou um campeonato, e lógico que os bemóis dele foram humilhados pelos famosos dós de peito do Pepeu. Ah, mas com que precisão de ritmo, com que sutilezas harmônicas as eructaçõezinhas do homem se encaixavam no lusco-fusco da tarde que ia virando noite como se tivesse pressa, temperatura baixando para um calorzinho temperado pelos primeiros grilos.

    A sobremesa foi goiabada cascão com queijo minas e um doce de abóbora meio palha que a Baby tinha inventado de fazer com mais voluntarismo que ciência. Antes de chegar o café que a Ritinha passava, convidei a Tê pra colher mexerica no pomar. Tarra com desejo, falei, de caipirinha de mexerica. O que até era verdade mas não era o principal. Eu só pedia quinze minutos com a Tê na penumbra da noitinha no pomar.

Passamos das mexeriqueiras. Conduzi Teresa Olho de Peixe pro leito de relva seca perto do jambo, protegido por um limoeiro baixo e folhudo. Deitei de costas ali, ela veio por cima me beijar e foi nessa hora que eu vi a luz no céu.
Caralho! Olha aquilo, Tê!
Ela se virou pra ver.
Tá vendo?
Claro que eu tô vendo. Que porra é essa, satélite?
A luz era verde-limão, forte e firme feito uma lâmpada, e estava parada no meio do céu. As bordas tremelicavam um pouco, leitosas. A coisa apagou, voltou a acender. Começou a se deslocar devagarzinho pro poente, de repente deu um cavalo de pau e zuniu pra leste. Parou de novo.
A Teresa, olhos ainda mais arregalados que o normal: Balão? Satélite? Farol?
Porra nenhuma, eu falei. O nome disso é disco voador.
Ficamos ali, olhando o céu, de boca aberta. A luz foi se distanciando até desaparecer no horizonte.
Esse disco voador me deu tesão, disse a Tê.
Já era noite fechada. A gente acabou esquecendo de colher mexerica.
Foi essa ida com Teresa Olho de Peixe no pomar, que deve ter levado uma hora ou pouco mais, que me fez perder alguma coisa. Quando voltamos, eu já não entendia nada direito. O João tarra numa cadeira no meio da sala com o violão, de frente pro sofá onde todo mundo se amontoava em silêncio total, evitando até respirar, de olhos pregados nele. O cara de terno cantava: Bim, bom, bim, bim, bom. Só isso: Bim, bom, bim, bim, bom. E depois: Bim, bom, bim, bim, bom, bim, bim. Como o sofá tarra cheio, eu e a Tê sentamos no chão. Fiquei esperando aquilo acabar. Cinco minutos, dez, vinte e não acabava.

Bim, bom, bim, bim, bom. Bim, bom, bim, bim, bom, bim, bim. Bim, bom, bim, bim, bom. Bim, bom, bim, bim, bom, bim, bom, bim, bim. Bim, bom, bim, bim, bom. Bim, bom, bim, bim, bom, bim, bim. Bim, bom, bim, bim, bom, bim, bom. Bim, bom, bim, bim, bom, bim, bim.

Eu comecei a ter vontade de rir. Me segurei por causa do silêncio de igreja que pairava na sala. Olhei pra Tê: ela acompanhava o ritmo com a cabeça, olhos fixos no cantor, parecia achar tudo normal. Olhei pra cara da geral no sofá, Moraes, Baby, Paulinho, Ritinha, Pepeu, Galvão, Pepita. Todos siderados. Vi que, sentados num canto, os gêmeos tinham deixado de lado a bola de plástico e também ouviam com atenção. Perto deles, deitado com a cabeça erguida e a língua de fora, Pirata marcava o ritmo com a cauda. O que acontecia ali? Não era possível que estivesse todo mundo de sacanagem.

Veja bem: não é que eu não entendesse. Claro que eu entendia. Via o que o cara tarra fazendo, o lance do ritmo perfeito, mão de metrônomo, voz reduzida a uma ideia de voz, sentido verbal totalmente evaporado já. Eu entendia mas, cacete, era chato. Chato? Não, não era chato. Era chato pra caralho. Era chatíssimo. Chatissississíssimo. Chato de tirar a cueca pela cabeça. Chato de morrer de combustão espontânea. Chato-chato-chato-chato.

Antes que o meu sangue virasse pedra, levantei e fui dar uma volta. Fumei dois cigarros do lado de fora. Quando voltei o cara tinha parado de cantar. Geral dispersa atrás de banheiro ou geladeira, o Moraes dedilhando seu violão no sofá, balbuciando pra si: Marimbondo, marimbondinho.

Demoraram, disse a Ritinha. Cadê as mexericas?

Passarinho comeu tudo.

Sei, ela riu.
Nós vimos um disco voador, anunciei. Isso atraiu a atenção de todo mundo.
O quê?
Eles viram um disco voador no pomar.
Opa, gritou o Paulinho antes de sair correndo na direção do pomar.
O Moraes deixou o violão de lado e veio se juntar aos outros que nos cercavam, perguntando:
Tem um disco voador no pomar?
Não tem mais, foi embora.
O disco voador não tarra no pomar, eu expliquei. A gente é que tarra no pomar quando viu ele.
Que que cês foram fazer no pomar?
Colher mexerica.
Cadê?
Passarinho não deixou uma.
Por que não chamou?, o Moraes parecia magoado de verdade. Eu adoro disco voador.
A Pepita começou a rir. Riu tanto que desabou em cima do João. Abraçou ele e deitou a cabeça em seu ombro.
Vieram buscar você, vieram buscar você!
E erguendo a cabeça, o mais luminoso dos sorrisos:
Você tá pronto, não tá?

A fruta por dentro

No alto da Tijuca, o ninho de noivos. Já ao entrar ela sentiu um formigamento nas faces e uma lassidão nas pernas que atribuiu ao efeito de passar bruscamente da friagem da noite para aquele ambiente almofadado com seu cheiro de alfazema e seu excesso de debruns, lençóis bordados, travesseiros, dossel, redes, palhinha no chão. E de cada lado da cama alta, ao pé dela, um pequeno tapete lanoso e quente, como o pelo de um animalzinho vivo. Neste cenário, ela pensou, a flor finalmente se abre, e a imagem lhe pareceu tão convencional e canhestra que até achou graça. Como poderia ser desenvolta com as palavras nessa hora, ela que lera *Manon Lescaut* escondida dos pais e, naturalmente, do próprio noivo, sem no entanto compreender a metade? Fosse como fosse, intuía ter chegado o momento do drama em que as palavras recuavam para o fundo do palco, deixando o proscênio para... o quê? Sem tirar o vestido branco de renda de Malines, jogou-se de costas na cama com um suspiro que era meio riso, meio gemido de exaustão. Do lado de dentro de suas pálpebras girava um carrossel de gravuras da cerimônia na Glória, cavalos brancos com cocheiros de libré fazendo fila diante da igreja, dona Fortunata derretida em lágrimas no vestido verde-musgo afogado, o ministro de Estado curvando-se tão impossivelmente para cumprimentá--la que parecia querer beijar o chão, o que a fez se dobrar de rir com aquela felicidade descomposta que só às noivas se perdoa, e, no fim de tudo, a chuva de pétalas de rosa com que as escravas a tocaiaram em casa, num efeito de arredondamento estético impecável, como um pano a cair sobre a cena no Municipal. Só aos poucos foi percebendo que dentro daquele turbilhão de imagens fundidas com odores, sensações táteis, calor, lá no íntimo do redemoinho, como no olho de um furacão, a perfeita imobilidade de sua espera tinha começado a tamborilar no chão com pezinhos indóceis.

Por que ele não vinha? Estava ali perto na cama, ela sabia, também ele atirado de qualquer jeito sobre os lençóis, pés calçados para fora. Era provável que contemplasse sua própria ciranda de cenas das bodas perfeitas, quem sabe já separando, como ela fazia quase sem perceber, as imagens que valeria a pena entesourar a fim de revê-las pela vida afora, até gastar-lhes o lustre, por desfastio ou como bálsamo para os momentos menos felizes que o futuro lhes reservasse. Passado o momento de recapitulação, porém, era claro que viria. Já estava vindo... Mas não vinha, não vinha. Não veio e, uma porção de minutos depois, ainda não viera. Viria mesmo? De repente a ansiedade venceu o que ela supunha ser a etiqueta da boa noiva e lhe abriu os olhos. Virando-se de lado, descobriu então algo que fez seu queixo desabar: o viril mancebo que acabara de desposar estava ressonando. O carrossel da Glória, se carrossel houvesse, girava apenas no mundo inacessível de seus sonhos. Não havia uma única linha em *Manon Lescaut* que pudesse tê-la preparado para tanta indiferença. As palavras vieram correndo lá do fundo da cena, trocando cotoveladas, e com tal ímpeto que se atiraram sobre a plateia. Era o que faltava! Quando se deu conta de que o pensamento ganhara-lhe a voz, aos atropelos, era tarde: o protesto já ecoava no quarto, despertando o homem adormecido. Era o que faltava, sim, senhor! Ele ergueu-se num sobressalto e com tal expressão de aturdimento que ela até sentiu pena. Meio arrependida do acesso de fúria, mas ao mesmo tempo vingada da desfeita, sorriu para tranquilizá-lo. Soergueu-se na cama, montou uma pilha mais alta de travesseiros, acomodou-se de costas nela, soltou os cabelos, abriu os braços. Ele piscou repetidamente, olhando em volta como se não atinasse bem com o que fazia ali, e se levantou para apagar as lâmpadas.

Então veio. E veio determinado. Enquanto era descascada por mãos inábeis, que ajudava com seus próprios dedos velozes a superar impasses em série, espartilho, anáguas, laços, fivelinhas, botões, colchetes, ela observou que as palavras tinham se recolhido de novo, dessa vez para o mais recôndito desvão dos bastidores. Seus sentidos começaram a variar, a oscilar como ramagens finas na brisa de uma aurora longamente antecipada. O mundo encolheu, concentrou-se numa área de poucos metros de raio a partir da cama, dentro da qual tudo reluzia em dobro, como se fosse à custa do apagamento geral de quanto lhe estivesse fora. Notou também que esse efeito ainda se intensificava mais, até que os poucos metros visíveis minguavam a dois palmos, nem isso, um palmo e meio de donzela medido em redor de seus corpos enroscados sobre os lençóis, à luz do luar coada pelo cortinado fino. Teve certeza de que se esticasse o braço tocaria o Nada, que vinha a ser tudo o que não participava daquele transe de ruídos abafados, farfalhar de lençóis, odores indecentes, espreguiçamentos mais retorcidos que uma árvore enfeitiçada numa gravura de Gustave Doré... Sem mencionar a vergonha infinita, a falta de vergonha maior ainda, risinhos que viravam gargalhadas sem freio e uma dor que de doer tão fundo já nem doía, deleitava, dava vontade de pegar, de morder, de gritar, de morrer — de não morrer nunca mais.

Quando as palavras voltaram finalmente ao palco, vieram tateantes, como se perguntassem ao diretor do espetáculo: "Podemos?". E ela, antecipando-se ao diretor, respondeu que ficassem à vontade. Aí veio o jorro de metáforas. Era como chegar ao avesso do mundo e espiar as engrenagens que o punham em movimento, como abrir a tampa de um relógio de pêndulo ou inspecionar o interior de uma fruta esborrachada no quintal, aquelas sementes todas embutidas em seus ninhozinhos perfeitos. A curiosidade dela sempre fora maior que tudo, mas faltava isto, faltava isto, faltava *isto*! Como poderia saber, quem lhe havia de ter contado — o esforçado Abade Prévost? E ainda que houvesse em sua vida esse anjo escuro, essa serpente de língua de fogo, que valor teria o contado quando o avesso do mundo se descortinava tão indizível em sua imensidão, como outro mundo igual ao mundo, só que diferente, dentro do espelho, e que toda a vida restante lhe parecia insuficiente para explorar? Pensar naquela fruta aberta, exposta à visitação em seu terreiro úmido de chuva, trouxe-lhe uma memória viva deles dois crianças, correndo de um lado para outro no quintal com sua inocência monolítica que pouco a pouco, conforme escoavam os anos, ia ganhando aqui e ali rachaduras, sombreamentos, erosões, trincados. Até que, bem antes dele, que era medroso, ela estivesse pronta para rabiscar no muro entre suas casas um voto para a eternidade. Descobriu então que a lembrança daquele tempo ingênuo, ao invés de amortecer, magnificava-lhe as sensações presentes. Era como se lançasse em seu caldeirão fumegante de noiva — seu corpo! — muitas colheres de sopa de uma ternura que lhe enchia os olhos de lágrimas e fazia o coração inchar como se fosse sair pela boca, enquanto, por contraste, tornava mais deleitosa a concupiscência de seu ato de mulher-feita coberta por homem-feito, aquela vertigem bestial. Pecado, pecado, pecado, pecado, pecado, ela repetia em pensamento, rezando a Deus para aquilo não ter fim.

Mas teve fim, e fim prematuro. Em seu transporte exaltado, não notou logo que o marido se fazia mais quieto, depois imóvel. Só despertou de seu delírio quando ele a aliviou do peso de uma vez, rolando de lado na cama com um bocejo. Era um bocejo sonoro, cantante, que foi sendo esticado interminavelmente e ao mesmo tempo afinando, feito uma minhoca tensionada pela crueldade de dedos infantis, até ir morrer aos pés de uma citação articulada com voz de sono: "As mulheres sejam sujeitas a seus maridos... Não seja o adorno delas o enfeite dos cabelos riçados ou as rendas de ouro, mas o homem que está escondido no coração...". Ele pronunciou essas palavras de olhos fechados, barriga para cima, como se falasse diretamente com o Altíssimo. "O quê?", ela conseguiu articular, incrédula. "São Pedro, Primeira Epístola", respondeu o marido de dentro do sono. E começou a roncar.

Entregue ao estupor de um despertar mais amargo que o das manhãs frias da infância em que relutava em se despedir das cobertas, o que fazia dona Fortunata acordá-la com gotas de água gelada que caíam em seu rosto como agulhas, ela tentou dar acordo de si, mas para tanto precisava primeiro descobrir onde, em meio àquele tumulto, tinha ido parar. Rompida a bolha brilhante que envolvia o leito nupcial, o quarto voltara a ficar visível com sua hipérbole de rendas, debruns, palhinhas. Visível demais, dolorosamente visível: o quarto parecia latejar. Quer dizer que era assim que terminava, essa queda num abismo preto? Sentiu-se lograda como um amante de ópera que houvesse julgado divino o primeiro ato, apenas para descobrir no início do segundo que, diante das notas mais exigentes, o tenor desafinava como uma arara. Teve vontade de acordar o dr. Santiago pela segunda vez aquela noite: era só o que faltava, só o que faltava! Agora, porém, as palavras não pularam para fora, ficaram entaladas em sua garganta. O jeito foi engoli-las com lágrimas.

Meia hora depois, quando seu corpo havia esfriado o bastante para que o sono lhe nublasse a consciência, deixando apenas uma dorzinha entre os olhos e um amargo no canto da boca, ela recordou a estranha frase que o melhor amigo do marido lhe segredara semanas antes, em tom de gracejo, cravando nela os olhos claros: "Bento a ama tanto, criatura! Imagine que me confessou outro dia: 'Ela é mais mulher do que eu sou homem'. Compreende? 'Ela é mais mulher do que eu sou homem'! Não conheço alma mais nobre que a do meu amigo, você conhece?". Essa lembrança bastou para infundir uma alegria nova ao ambiente almofadado do ninho de noivos: o pensamento que encerrava parecia verdadeiro e até vagamente promissor — ora, se ela era mais mulher... —, embora o cansaço não lhe permitisse meditar nisso agora. Ficasse para depois: tinha a vida inteira. Com um sorriso que dava enfim por encerrada sua noite de núpcias, Capitu adormeceu.

Vas preposterum

> *Flectere si nequeo superos*
> *Acheronta movebo.*
>
> Virgílio

Respondeu que já tinha declarado o tom ridículo e de mofa que deu a todas estas cousas, pois jamais pensou que elas houvessem de sair à luz e produzir tão escandalosos efeitos. Do que ele, infeliz, vem a padecer a maior parte, com injúria de sua inocente família e de seus irmãos — em tudo inocentes e sustentados com honra. Mas conhece bem, por benefício de Deus, que a sua libertinagem, os seus maus costumes, a sua perversa maledicência, o conduzem finalmente a este evidentíssimo castigo da justiça divina.

Autos de devassa da Inconfidência Mineira.
Depoimento de Cláudio Manuel da Costa, dois dias antes de aparecer enforcado na prisão.

A chuva caía longamente, em vários planos, visitando os muitos patamares da cidade vertical. Havia a chuva apressada que batia já nas cúpulas e vinha escorrendo pelas paredes branco-sujas de tantas igrejas, e havia a que, tirando fino das cumeeiras, ia alfinetar as sacadas contidas dos sobrados. Depois vinha a chuva que se quebrava de chapa no chão de pedra e repicava, aos poucos formando riachos que se imiscuíam pelas gretas entre os pés de moleque férreos antes de se unirem em grossas correntezas descambando pelas ladeiras. E então havia a chuva que, viajando diretamente pelo ar até o ponto mais baixo da terra, fazia deslizar barrancos sobre as primitivas ocas da gente miúda e engordava poças barrentas nas infinitas estradas, sendas, trilhas e picadas espreitadas por corsários que conduziam à cidade, capital do ouro no mundo.

Em que ontem, em que pátio de Cartago cai agora essa chuva?, pensou à janela de seu quarto o jovem poeta. Poeta, sim, pois ainda que fosse, antes de tudo e por dever de ofício, padre, não poeta, eram de poeta e não de padre aquelas cismas vadias por antiguidades de Cartago. Simão das Neves fechou a janela e sentou-se na cama. Tinha acordado cedo demais, o céu mal começando a clarear, e ainda estava de camisola. Sobre a mesinha com banqueta que completava sua mobília, viam-se uma bacia de estanho, uma jarra com caneca de barro e um caderno de capa de couro de conteúdo desconhecido.

Hesitava em abri-lo. Sentiu sede.

Então, sem aviso, o movimento que fez de esticar o braço, recolhê-lo e tomar um gole d'água despertou lá no fundo o germe de algum mecanismo demoníaco. Sentindo a comichão, o padre que era poeta pensou em Ângela de Fulgino: "Os tormentos do corpo são inumeráveis, movidos de muitas maneiras por muitos demônios". Aquela santa devia ter incluído em seu dito a mente, pois era da mente que provinha tudo: o Belo que dá sentido à vida, como lhe ensinara o infeliz Glauceste, e o insidioso Mal nele entranhado.

O Mal, sim, entranhado. Como o ouro na terra. Essa parte estava aprendendo sozinho. Em menos de um mês perdera seu único amigo, sua fé, seu sossego. Agora estava diante de perigos quiçá maiores, se tal ordem de grandeza fosse imaginável neste mundo. A rara tempestade de inverno que fustigava a cidade, como a puni-la por permitir que assim se desgraçassem tantos de seus filhos, fazia deslizar, além de encostas exauridas, a geografia interna do padre Simão. Seu relevo de alma mudara a tal ponto que ele já não reconhecia a paisagem.

Mirou o caderno. A capa de couro escondia o trabalho de costura que mantinha unidas as folhas. Não era grosso: um caderno de suas cinquenta páginas. As últimas palavras de Glauceste, caídas do céu como aquela chuva súbita, decerto um testamento artístico. Isso pensava o jovem poeta quando queria se tranquilizar. Mas, quando se rendia ao medo, atordoava-o a certeza de que o magro volume conteria apenas instruções para que ele, padre, desse prosseguimento à revolução.

Suspeitou que fosse um covarde. As últimas palavras de seu pai arcádico, e não tinha coragem de lê-las.

Que o caderno de capa de couro tivesse sido trazido, entre sobressaltos e rubores, sob a saia, por ela, Inês de Albacete Figueira, prima de Bárbara de Eureste; que aquela caixa de Pandora lhe tivesse sido confiada pela mulher cujos olhos de turmalina escura lhe assombravam as madrugadas de luta contra o demônio — era claro que isso tampouco ajudava.

Nunca esqueceria o dia em que a conhecera. Alvarenga, que vinha a ser Eureste Fenício, cumprimentou-o à entrada. Já lá estavam, abancados na sala, os drs. Cláudio Manuel e Gonzaga, aliás, Glauceste e Dirceu. Ao lado de Bárbara, que estava sentada graciosamente no centro, havia uma mulher pálida de estatura média, cabelos escuros e revoltos, em pé. Foi apresentada pelo anfitrião como dona Inês, viúva do contratador Figueira, e lançou a Simão um demorado olhar claro.

— É coisa recentíssima — Alvarenga deu prosseguimento à conversa interrompida. — O comentário em Lisboa é que, agora, o entendimento dos parisienses sobre o que seja liberdade e o que seja revolução já não conhece fronteiras políticas ou de qualquer outra ordem. — E, dando-se conta de sua impolidez: — Perdoe-me, padre Simão, falamos de uma novidade literária, uma coisa atroz...

— Conversa. Decerto que esse marquês é doente, nada mais — aparteou Gonzaga. — Alguém nesta sala leu porventura alguma dessas obras?

— Ora, doutor — disse Inês, com um sorriso modesto que Simão colheu minuciosamente, julgando-o adorável. — Cá, somos todos virtuosos.

Glauceste Satúrnio riu. Simão percebeu uma troca de olhares entre o líder da Arcádia Ultramarina e a jovem viúva.

— Justo — soprou Gonzaga —, precisamente. Falemos da França sadia, de Montesquieu, sigamos as ideias corajosas de Voltaire, de Rousseau. Deixemos de lado os doentes, entretanto, que mesmo os francófonos exalam mau cheiro, e de mau cheiro baste-nos o que sobe da pretalhada no rio. E nunca, nunca mais se falou em revolução. Comentava-se a política local, colonial e d'além-mar, recitavam-se Petrarca e Virgílio, mas revolução, que revolução? Ele, recém-saído do seminário de Mariana, deslumbrado por ser admitido entre tão doutos homens, flutuava numa estranha euforia em que se viam suspensas até mesmo suas convicções mais enraizadas. Para ele, a palavra "revolução" estaria, dali por diante, ligada para sempre aos olhos violáceos de Inês. E às suas mãos brancas, riscadas de veias azuis.

Desde a primeira juventude, Simão era tomado vez por outra, quase sempre de madrugada, por súbitas fraquezas diante do demônio. Essa falha de caráter, que ele buscava sem trégua corrigir, levava-o a desconfiar intimamente de sua virtude, que sabia frágil e fugidia. Só por meio de intensa vigilância pudera ser o formando mais promissor da fornada de 1787 em Mariana, feito sem o qual de pouco talvez lhe valesse o arcebispo receber uma carta cheia de ênfases do superintendente do Tesouro, amigo e devedor do comerciante paulista José das Neves. Do modo como tudo sucedera, coincidindo com extraordinária precisão as ordenações e o correio, a carta terminara por lhe subtrair da biografia o purgatório nos confins incultos da colônia. Evento para o qual não concorrera pouco, como era evidente, a prodigalidade com que seu pai paparicava a Ordem Terceira da Penitência, fiel depositária da Santa Madre Igreja.

Assim, mudara-se o jovem Simão das Neves de Mariana para a vizinha Vila Rica, cidade maldita, coração disparado da América portuguesa. Ali, em poucos meses, já era dado por muita gente como um aspirante aos cumes eclesiásticos da vasta, chucra, pecadora colônia, que tanto precisava de homens como ele.

Sim, dizia Simão para si nos momentos de amargura, quando seu êxito lhe parecia o próprio triunfo da hipocrisia. Homens como ele: meio poeta, meio padre; nem uma coisa nem outra.

O que estava acontecendo? Acordado, Inês povoava seus pensamentos; dormindo, seus sonhos. A fraqueza por mulheres, qualquer mulher, nenhuma mulher, era antiga, companheira de muitas vigílias, mas até então ele sempre lograra afogar com reza e água fria o germe do estrago. No entanto, não era Inês que dançava então em sua mente, como agora. E de repente Simão capitulou. Aos poucos, fora captando na cidade os rumores da tormenta, mas não os compreendia. No barbeiro, espelho manchado com moldura de flandres, crucifixo na parede, dizia-se entre fungadas de água de cheiro que aquele alferes, o que sabia arrancar dentes, vinha dando com a língua nos ditos para qualquer um na rua.

— Ainda acaba mal — disse um homem bem-vestido que Simão não conhecia, um viajante.

Mas como ligar aquela trama sórdida à figura maior da Arcádia brasileira? Glauceste Satúrnio: bastava Simão fechar os olhos para ver, impressa na memória, a mirada de viril suavidade do amigo. No começo ficara acertado que a tutela do jovem saldaria antigas dívidas do pastor idílico com o comerciante José das Neves. Mas isso fora no início. Bastou começarem a debater, em seu segundo encontro, a duvidosa originalidade de um poema de Metastásio para surgir entre eles um liame quase carnal de irmãos espirituais.

Em pouco tempo, Simão confiava no amigo a ponto de lhe confidenciar, como quem se aconselha junto a um parente, os pormenores escatológicos de sua obsessão. Até então, no confessionário, falava apenas em vertigens animalescas e sonhos nos quais, Deus o perdoasse, imiscuíam--se partes inomináveis do corpo. Mas o fato é que aquilo quase terminava por soar trivial, como o fardo que qualquer sacerdote, sendo também um homem, precisa suportar. Só ele, o famoso Cláudio Manuel da Costa, sabia a verdade. E dissera:

— Sodomia, é? — dando risadas. — Não te aflijas tanto. És jovem, Simão!

Aquele breve comentário deixou o padre preocupado. Recordando a conversa sobre a infame novidade literária francesa, os olhares trocados por Glauceste e Inês, temeu confusamente que um dia fosse forçado a odiar o querido amigo. Era essa sua aflição, de fundo moral e não político. Nem mesmo quando foram presos, um após o outro, Alvarenga e Gonzaga, nem assim Simão se alarmou. Com certeza tratava-se de um mal-entendido. Conhecia muito bem as leituras iluministas de seu preceptor, mas imaginar que o dr. Cláudio pudesse se envolver numa conspiração alardeada aos quatro ventos por um alferes afoito estava fora de questão. Assim, vieram marciais penachos, tropéis ecoaram nas ladeiras, e Simão continuou onde sempre estivera: o lugar ideal para ser apanhado de surpresa.

Acordou agitado outra vez. Sentiu o intumescimento abrir caminho por cavernas que se inflavam como pulmões à brisa da manhã. Criou de improviso, para detê-lo, uma pastoral suave evocando sua infância em São Paulo, um tempo em que os lobos pastavam entre as ovelhas. Não adiantou. Começaram a desfilar em sua memória as jovens escravas do pai, sujinhas, sonsas, concupiscentes, e logo todas sumiam para deixar só aquela mestiça determinada, que num instante horrendo lhe arreganhava as duas metades de sua maçã castanha, franqueando-lhe o preto fulcro. Diziam que era sua irmã bastarda. Seria?

Aquela madrugada, Simão das Neves não apenas desistiu de fugir do demônio. Mais do que isso, cevou-o. Inês, de olhos túrgidos. De lombo também, de Albacete. Figueira. O padre convocou todas as qualidades de uma imaginação poética promissora e, colando o queixo ao peito, ergueu a barra do camisolão.

Quando terminou de se lavar na bacia, desceu até a cozinha da casa paroquial. Ali encontrou o Menezes, tesoureiro da Irmandade das Imaculadas Palmas de Maria, que com ares alarmados lhe deu as últimas notícias dos penachos e tropéis; entre elas, a prisão do dr. Cláudio.

— Com a Coroa não se brinca — disse o homem.

Simão não respondeu. Subiu novamente ao seu quarto.

Uma única coisa conseguia pensar, e era uma coisa absurda: que seu pecado daquela madrugada se confundia com as trevas políticas de Minas na lama de uma mesma ganga suja.

No princípio, encarou com um ceticismo apalermado a sorte que se abatera sobre o amigo. Cadeia, nada menos. Sua extraordinária biblioteca de trezentos volumes, confiscada; o que lhe havia de ter doído mais que o encarceramento. Não só o mal-entendido não se desfazia, Eureste e Dirceu continuavam atrás das grades, como Glauceste Satúrnio, o maior de todos, ia fazer companhia a seus discípulos. E desde quando os árcades se metiam em tais coisas? Combater a Coroa para quê, se era tão mais gloriosa a sua luta? Muitos homens podiam fazer guerra, liderar outros homens, pegar em armas, mas, meu Deus, quem escreveria nossas éclogas e epicédios? Os dias seguintes foram de provação para o jovem padre. Dias em que se afligiu por não poder visitar Glauceste Satúrnio, preso na Casa dos Contos em isolamento aconselhado pelo caráter conspiratório de seu crime, e ao mesmo tempo se alegrava de não poder visitá-lo, poupando-se assim da vileza de, por medo, faltar ao dever. Tinha a alma em fiapos. Virtude, vocação, futuro, palavras, apenas palavras escritas em retalhos que tremulavam aos ventos encanados de Vila Rica, mineiros postilhões de Éolo. Mesmo sofrendo, um aprendiz de poeta.

Queimou todos os versos de sua autoria que tivessem fumos da ideia de liberdade. Torrou aqueles livretos irresponsavelmente guardados, em francês e inglês. Dormia esperando que lhe esmurrassem a porta. Andava pelos cantos de olhos baixos e febris. Nenhuma poesia era possível naquela hora. Nenhuma fé.

Algumas madrugadas insones depois, Simão de Oliveira Raposo das Neves (sim, seu nome completo eram dois belos pentassílabos) havia aprendido a rezar a missa balbuciando latim como um sonâmbulo ou louco que não atinasse no que dizia. De olhar fixo no Cristo de face torturada do altar e produzindo sem refletir todos os sons que dele se esperavam, o jovem padre andara pensando novamente em Ângela de Fulgino, e agora, por alguma associação maligna, recordava as histórias do infernal convento de Odivelas, o das freiras prostitutas, que mais de um rei frequentara. Essas lembranças inconvenientes o conduziram à de um caso muito comentado no seminário, o do camponês que ao copular com a esposa certificava-se de ter sob o travesseiro um crucifixo de jacarandá de um palmo e meio, objeto certamente roubado. No auge de seus arroubos, o diabo do homem agarrava o emblema santo e introduzia violentamente sua base grossa no ânus da pobre mulher, gritando herético: "Deus é um tremendo fodedor! Deus é um tremendo fodedor!". Era um certo Tibúrcio dos Santos, da Bahia. Tinha trinta e três anos no início do século, quando foi justiçado pelo Santo Ofício.

Assim, no estilo marcado pela dissociação entre falar e pensar que aprimorara nos últimos dias, o padre Simão ia pela altura do Ora Pro Nobis quando viu entrar na igreja, passos lentos de velho, um vulto exageradamente gordo. Seu coração, o primeiro a reconhecê-lo, disparou. A figura se ajoelhou perto da porta. Embora só se divisassem os contornos de seu amplo corpo com cabeça de ovo contra a luz da rua, não cabia dúvida: acabava de entrar na igreja o padre Alfombra, vasta encarnação da face mais violenta da Cruz.

— Meu bom Simão — saudou-o o gordo ancião no fim da missa, recendendo a alho e vinho.

O jovem padre crispou-se sob o abraço acolchoado, procurando disfarçar um acesso de tremedeira. Alfombra, seu ex-professor no seminário, vinha uma vez por mês a Vila Rica, onde tinha casas de aluguel, mas seria sua presença em hora tão bruta uma singela coincidência? Ou era antes o sinal de que, para não correr o risco de subestimar o perigo, Cruz e Coroa moviam todos os poderes do Império para fulminá-lo.

A intimidação de Simão das Neves era quase visível, na forma de ondas que emanassem do homem corpulentíssimo. Ali estava Alfombra, o Anjo da Sombra, de míticos feitos cantados e decerto exagerados nas noites insones de Mariana por rapazes sérios, de olhos febris: quando era um deles, um seminarista, meio século antes, dizem que Alfombra fizera com um colega, o Vieira, uma aposta que acabou perdendo. Mas o Vieira perdeu mais.

A aposta girava em torno da virtude de um certo capelão Tácito. Entraram Vieira e o capelão no cubo bipartido do confessionário. Seguindo o que fora combinado, Alfombra acomodou seu perfil de pipa atrás dos reposteiros roxos e espiou por uma brecha. Isolados do mundo por densos veludos, confessor e penitente podiam estabelecer contato através de uma portinhola de gonzos de latão, consagrada por gerações de curas em favor da palmatória e outros castigos envolvidos nos ritos da penitência.

À luz de um grande castiçal próximo, Alfombra viu o capelão Tácito abrir a portinhola e se ajoelhar, enquanto Vieira, de pé do outro lado, amealhava a barra do hábito. O resto ele adivinhou antes de ver: os lábios do capelão envelopando num instante a extensão brilhosa do pecado.

O castiçal tinha base pesada, Alfombra rachou dois crânios com ele. O arcebispo, desafeto do capelão Tácito, feliz por se livrar daquele degenerado, salvou o gordo homicida da condenação certa. Julgado um inquisidor nato, o que de fato era, Alfombra não foi para a cadeia. Foi para

Évora estudar a arte das fogueiras e dos garrotes, apurar o dom que recebera de Deus.

As fogueiras. Sobre elas Simão ponderava, transido de terror, enquanto escoltava até a sacristia o visitante. Andavam aposentadas nas últimas décadas, mas a brasa ainda ardia: ao primeiro postilhão, ou mesmo à primeira brisa, os toros seriam lambidos outra vez. O padre Alfombra agarrou-o pelo braço assim que ficaram a sós.

— Há padres na conspiração — sussurrou — e por isso estou aqui.

Padres? Quais padres? Os olhos do gordo se arregalaram e ficaram, ao mesmo tempo, mais frios e parados.

— Ainda não sei os nomes, mas há. Tens alguma coisa a me dizer, Simão?

Era fácil responder, bastava um muxoxo, mas Simão disse:

— Como o quê, uma denúncia?

Isso levou Alfombra a sorrir, semicerrando os olhos.

— Se é a palavra que preferes, sim, a hora é de denunciar, devemos nos denunciar a nós mesmos e uns aos outros neste momento. Para aquele que se arrepende, como bem sabes, sempre haverá perdão.

— Amém, padre, embora me ocorra que isso não é o Santo Ofício. A justiça laica...

— Não existe a justiça laica, Simão. Existe a justiça do Rei. E a justiça do Rei, especialmente em casos dessa natureza, lembra a justiça de Deus: é quase injusta, de tão inclemente.

Deixou-se ficar na sacristia, pensativo, depois que o padre Alfombra foi embora. Logo chegou o Menezes com a novidade.

— Nem enterro cristão — disse o homem —, nem isso ele vai ter.
O chão lhe faltou, como num cadafalso. Caiu de joelhos. Mal começara a aceitar a ideia da prisão de Cláudio Manuel da Costa e ele já estava morto, integrado à legião danada dos suicidas. No fim, seu amigo se insurgia contra a Cruz também.

A mulher entrou na igreja meneando os quadris. Simão reconheceu Inês de Albacete Figueira e decidiu aguardá-la no confessionário. Desde que saíra a contragosto de seu quarto, em cima da hora da primeira missa, vinha se enfiando em alguma toca sempre que deixavam. Imaginava o enterro de Glauceste Satúrnio, aquela manhã, e em seu devaneio o corpo descia ao ventre de um barranco nas cercanias da cidade, com dois ou três escravos comparecendo ao adeus, só isso, sob os olhares sardônicos de um par de guardas. Mas o modo como se passara na realidade o infame sepultamento, não sabia. Não podia saber: dera um jeito de ficar bem longe, entocado.

De seu esconderijo no confessionário, Simão acompanhou a trajetória das cascatas de renda preta contra o fundo de retábulos, gorgolejando na nave vazia.

— Dona Inês, como está passando?

— Ah, padre, muito mal! — disse a mulher, ajoelhando-se diante dele, antes de romper num choro rasgado.

Simão levou um susto. Ficou algum tempo olhando para os lábios intumescidos de Inês através da treliça, e teve que lutar contra um princípio de comichão antes de tentar acalmá-la.

— A senhora pode abrir seu coração, está na casa de Deus.
— Ai, padre, eu, nós... Eu e o dr. Cláudio...
— ...
— Nós vínhamos nos encontrando.
— Encontrando? Para palestrar?
— Não, para, para, para...
— Sei. Mas o que vocês faziam exatamente?
— Ai, nunca mais, padre, nunca mais! Deus me perdoe, o senhor não sabe a falta que eu sinto!

Poucos minutos depois, antes de sair para o sol, dona Inês de Albacete Figueira lançou-lhe um olhar oblíquo de turmalina. Durou menos de um segundo: as rendas giraram na moldura da porta, logo já não estavam lá. Simão fechou a cortina do confessionário e deixou-se ficar na penumbra. Em seu colo, o caderno de capa de couro que a mulher lhe confiara. As últimas palavras de Glauceste Satúrnio.

— Ele me disse que o senhor, somente o senhor, saberia o que fazer desse caderno.

As palavras da mulher, soando em sua memória, pareciam ecoar pela nave.

— A senhora o leu? — perguntara-lhe.
— É claro que não, padre. — E meio envergonhada: — Não sei ler.

A insônia e o cansaço, ou talvez a tempestade incessante com sua noite esticada pelas nuvens de chumbo, contra as quais se recortavam campanários, alguma coisa ou tudo aquilo foi minando as derradeiras forças de Simão, que se tornou presa de um estado sonambúlico semelhante ao das últimas missas. Em que pátio de Cartago cai agora essa chuva? Quando se deu conta, o caderno de Glauceste estava em suas mãos e ele, a ponto de abri-lo. Abriu-o, portanto. Na primeira página, em letras de fôrma, estava escrito apenas: "Para Inês". Na segunda havia um poema.

Quando cubro o dorso teu
Tu por baixo e eu por cima
Como de um cavalo a crina
Agarro, e troto até Deus.

A pé não se vai tão longe
Quanto em teu pigarço vou
Com minha porra de escol
Sob esse jeito de monge.

[...]

Que amor, sem esse quebranto
Só tem, quem tem, o não tê-lo.
É aferrado ao teu cabelo
Que os males do mundo espanto.

As outras peças, vinte e tantas delas, que por pudor aqui não se transcrevem, eram extraídas do mesmo veio. Os poemas do caderno que Simão julgara conter o testamento literário de Glauceste eram — como minimizar o insulto? — exercícios à moda daquele Manuel Barbosa du Bocage. Todos em letra de fôrma, sem assinatura. Explicava-se o anonimato de escrita tão demoníaca, com certeza, mas de onde saíra aquele Glauceste barbárico, peludo, versado em molícies?

O padre estremeceu diante da única explicação que encontrou. O pobre amigo andava louco. Louco de paixão. A comichão veio subindo, e Simão nada fez para detê-la. Na primeira missa do dia, ouviu em seu estado de desatino o coro entoando o mais estranho dos latinórios:

Membrum virile, mulier super virum, vas naturaaaalis...
Vas prepooosterum!

A voz de Alfombra ficou martelando em sua imaginação pelo resto da manhã as obscenidades extraídas de autos brutais. Ocorreu-lhe a certa altura que o gordo ancião trocaria de bom grado uma galeota repleta de tonéis de vinho verde pelas confissões encadernadas em letra de fôrma.

Vas prepooosterum!

Lembrou-se de ter sonhado na noite anterior com Santo Agostinho, um Santo Agostinho invertido que começava a vida impoluto e a terminava se esbodegando em todas as orgias. No fim, Alfombra o passava no espeto. Havia outro condenado, Glauceste. Antes de marchar para a fogueira, o grande árcade soprava em seu ouvido:
— É esta a nobre causa, Simão! Presta atenção: é esta a verdadeira Inconfidência!

Havia parado de chover, mas a luz do sol retinha um certo ar líquido. Inês chegou com um xale verde-água sobre o vestido de alpaca preta. Ele a recebeu no confessionário com a pergunta pronta:

— A senhora, embora não saiba ler, está a par do conteúdo daquele caderno, dona Inês?
Ela baixou os olhos e nada disse.
— Ele lia para a senhora? — insistiu Simão.
— Eu gosto de sentir um caralho atrás, padre — foi a resposta. Mas teria sido mesmo?
— *Vas preposterum!*
— O que disse, padre?
Simão tirou o caderno de sob o hábito e, pondo-se de pé em sua metade do cubículo, recitou através da treliça:

Tens o marsapo em teus dedos frementes
Aconchegado; estás nua, em decúbito.
Sinto que ali me tens por confidente
E assim mando-te a tunda, bem de súbito.

Mas por ser bem mais amplo o meu porrete
Do que a fenda que trazes na traseira
Saibas que vai doer, e agudamente
Minha Inês de Albacete Figueira!

Inês começou a soluçar. Soluçava tanto que não percebeu a portinhola do confessionário rangendo em seus gonzos de latão.
— Alça-te aqui — comandou Simão —, sobe no banquinho e alça-te aqui.
— Padre?
— De traseira, depressa — acrescentou, levantando o hábito. — Reconheces uma porra dura? É claro que sim, que pergunta. Pois então vem, isso, de fenda, assim. Pensas que não sei que escreveste tu estes absurdos, para me tentar? Pecadora infame, bruxa, o último verso tem nove síla-

bas quando deveria ter dez, um erro grosseiro que Glauceste jamais cometeria, por mais doente que estivesse de amor. Pensaste que me enganavas com tua farsa barroca, Inesinha? Ah, que tenebroso pecado, o teu! De hoje em diante terás de vir à confissão diariamente, como uma boa senhora católica, ouviste? Falta-me um dia e eu te entrego as carnes ao fogo do Santo Ofício, entendeste? Morro também, que me importa? Ah, minha putinha, que me importa, se toda a minha vida é o teu vaso posterior!
E ela:
— Amém, padre, amém!
Aquela noite, um Simão convertido à Inconfidência jogou pela janela a água da bacia. Depois de enxugar o estanho com o lençol, picou ali dentro algumas páginas do caderno, ajeitando cuidadosamente por cima a capa de couro, e fez uma fogueira.

LADO B

Conselhos literários fundamentais

1.

Odeie o conforto. Se estiver concentrado demais na história que está escrevendo, ligue a TV, mergulhe na cacofonia das redes sociais. Caso as palavras continuem a lhe jorrar dos dedos, ponha uma música, desligue o ar-condicionado, abra a janela para o berreiro de freios, buzinas e motores. Sinta-se incomodado: retarde ao limite do desastre — ou mesmo, havendo disposição e necessidade para tanto, além dele — a hora de ir ao banheiro. Morra de sede, chegue a passar fome. Brigue com a sua mãe. Mande confeccionar para sua cadeira de escritório TWYX-3.0 (com amortecedor inteligente) um magnífico assento de tachinhas medievais. Boicote-se: se escrever umas tantas páginas-telas que lhe agradem em particular, dê um jeito de perdê-las, negando-se como um tonto a salvar o arquivo ao fechá-lo. E então esprema a memória para reproduzi-las igualzinho, vírgula a vírgula, exceto por uma palavra que já não achará e cuja ausência, se tudo der certo, vai torturá--lo por horas e horas de trabalho ou trabalho nenhum, pois não se pode chamar de trabalho o tumulto de pensamento que o tomará então, o céu a estridular como se fosse partir ao meio e o computador berrando mais do que a cidade e a TV juntas jamais sonharam berrar. Nesse momento, se as instruções tiverem sido seguidas corretamente, a linguagem estará passando por você depressa demais para ser captada, zunindo, turbilhão de luz no hiperespaço. Você terá se infiltrado, como um espião ou um vírus, no coração da máquina que move um mundo de palavras sem tempo de fazer sentido. É horrível. Avance a mão, colha uma ao léu, e então comece.

II.

Nunca aceite conselhos, com exceção deste: nunca aceite conselhos. A abertura da exceção destina-se a evitar um curto-circuito lógico que precipitaria o pensamento em abismos semelhantes ao do célebre paradoxo do mentiroso de Epimênides ou Eubulides, aquele que diz: "Estou mentindo agora". Caso aceite este conselho, você vai descobrir que ter aberto tal exceção equivalerá a reconhecer — questão de honestidade intelectual — o princípio de que conselhos podem ser úteis e que, sendo assim, a determinação de nunca aceitá-los é uma estupidez. Um caminho que parece menos traumático é recusar o conselho de nunca aceitar conselhos e permanecer livre para aceitar os conselhos que quiser, repudiando os demais. No entanto, a arbitrariedade dessa discriminação, confundindo-lhe a alma, tenderá a encaminhá-lo para a aceitação do conselho bom ao lado do ruim, qualquer um, na verdade, menos este, o de nunca aceitar conselhos. Aceite todos, portanto, inclusive este, eis o que seria meu principal conselho, se eu não estivesse mentindo agora.

III.

Esqueça o famoso conselho, o que diz que um escritor só deve escrever sobre o que "conhece bem". Quase todo mundo, ao escrever sobre o que conhece bem, produz platitudes que o leitor também conhece bem, antes mesmo de ler. Invente, se der na veneta, um mundo pré-colombiano inteiro, mapas e tudo, com nórdicos e ibéricos que a história não registrou se imiscuindo entre os incas, pano de fundo contra o qual uma princesa chamada Aya, cujo amor pelo louro Thür foi condenado pelo pai dela, o imperador Tapa-Quichuchu, entra nua e magnífica numa piscina de enguias-elétricas enquanto na rua o povo comemora a chegada de um novo ciclo lunar fornicando pelos cantos ao som de trompas de chifre e tambores de lhama. Então, no meio dessa zorra, pare um minuto e dê a alguém, um personagem qualquer, um traço seu: a dor de cabeça da noite passada, por exemplo. Um jeito de andar ou falar. Em histórias menos épicas, pode ser a preferência por uma marca de cerveja. Basta: essa gota de verdade pessoal, essa mísera pincelada no formidável painel, num fenômeno alquímico ainda pouco elucidado, torna de repente lancinante o suicídio da bela Aya, imprescindíveis as enguias, trompas, bacanal, América pré-colombiana de araque ou o que quer que se urda com razoável esmero e que por obra daquele detalhe pífio, daquela gota de experiência, vibra agora tão vivo quanto a vida que temos diante do nariz, só que mais excitante. Ou pelo menos é nesse sentido que você encaminha suas preces.

IV.

Busque no ritmo das pedrinhas portuguesas a exata ondulação de um capítulo. Abra o dicionário ao acaso para encontrar o adjetivo preciso. Conte o número de carros azuis que avista da janela no prazo de cinco horas para decidir quantas vezes um personagem deprimido tenta se matar antes de ter sucesso. Desventre croissants para estudar camadas de sentido. Aposte contra a máquina no futebol do Playstation o destino — ganhou, mata; perdeu, morre — de um protagonista ególatra, seja astro do rock ou imperador da borracha na Manaus do século XIX. Estude doutamente a borra do café, procure ancestrais desígnios pétreos nas dobras do lençol pós-insônia, contemple o ar invisível, sonde as próprias fezes. Faça cada dia de chuva puxar uma pétala do malmequer, e assim, passados sete meses, decida o desenlace romântico de herói e mocinha. Para questões de estilo, prefira roletas e dados.

V.

Não precisa ser essa a primeira preocupação do escritor ao sentar diante do suporte físico ou etéreo em que gravará suas palavras, mas em algum momento do processo é recomendável que ele tenha em mente a questão do texto que se fagocita contra o texto que se degusta aos poucos, em fatias finas, como um carpaccio. A oposição estabelecida por Andrônico de Rodes, o primeiro editor de Aristóteles, e ampliada por diversos pensadores, dos quais Montaigne não será um dos menos ilustres, vive desde o modernismo uma crise de cognição. Hoje, quando se refere à questão do texto que se fagocita contra o texto que se degusta aos poucos, em fatias finas, como um carpaccio, o crítico erudito tende a pensá-los como dois países autônomos. Talvez influenciado pela famosa oposição entre intelecto ativo e intelecto passivo proposta pelo Estagirita a quem Andrônico seguia, imagina cada um desses territórios entregue a seus próprios habitantes, com autores de livros para fagocitar atendendo à demanda de leitores fagocitadores, e produtores de carpaccio à dos apreciadores de fatias finas. Equilíbrio que não deixa de ser precário, como atestam as guerras diplomáticas entre as nações antípodas, mas que é, de todo modo, reconfortante. Se retomarmos o fragmento original, porém, veremos que algo importante se perdeu desde a intuição fulgurante do obscuro peripatético: "Histórias comidas com vagar alimentam o intelecto, histórias engolidas de uma vez alimentam a alma". Ora, o que se perdeu é algo que, ao lançar na arena uma oposição de outro nível epistemológico e moral, descola o humilde Andrônico do campo aristotélico da moderação: o fato bastante óbvio de que o bom leitor (fiquemos em "bom", para não invocar um ideal platônico) precisa nutrir tanto cabeça quanto alma, e portanto não se satisfará com uma coisa só. É provável que se torne então um leitor voraz e eclético, do tipo que intercala livros para fagocitar com livros para degustar aos poucos, em fatias finas, como um carpaccio. Mas também pode ser que, não contente com tal arranjo, passe a procurar escritores que revezem como ele os dois estilos, brincando de gangorra com carpaccios e fagocitoses, numa alternância que será o motor da própria escrita, às vezes com bruscas inversões dentro da mesma frase ou, pensando bem, da mesma palavra. O leitor verá que esses escritores não são fáceis de encontrar, mas procurá-los é preciso. O que você tem a fazer é lutar com todas as forças para ser um deles.

VI.

Não tenha preguiça de reescrever. O escritor que não reescreve o que acabou de escrever, mesmo que por pura mania, mesmo que para deixar o texto indiscutivelmente pior, não merece ser chamado de escritor. Será, no máximo, um excretor a sujar de palavras fisiológicas em estado bruto um mundo que não precisa de sua contribuição para se assemelhar a um aterro sanitário de símbolos. Se escrever dez linhas, reescreva-as dez vezes em dez horas, e mais dez vezes a cada dez horas dos dez dias seguintes: corte, amplie, pregue, serre, lixe, solde, cole, mude tempos verbais e a ordem dos parágrafos, exercite a sinonímia e a intolerância. (Este conselho, por exemplo, foi reescrito ao longo de nove meses de trabalho diário. Em sua primeira versão, dizia: nunca reescreva o que acabou de escrever.) E caso ocorra a circunstância nada improvável de retornar nesse processo de edição a um texto muito semelhante ao original, ou mesmo idêntico a ele, saiba que a sensação de tempo perdido será uma ilusão e que o fruto da reescritura, como o *Quixote* de Pierre Menard, terá por trás das mesmas palavras uma densidade incomparavelmente superior. Claro que também é preciso reconhecer o momento de parar de reescrever, aquele ponto a partir do qual, como nas cirurgias plásticas em série, qualquer nova mexida só pode resultar em desastre, mas isso não é tão difícil: ele costuma vir acompanhado do impulso de golpear repetidamente o monitor com o teclado para ver qual quebra primeiro.

VII.

Não perca um minuto discutindo com quem prega a morte da narrativa. Evidentemente, o que esse cidadão está tentando fazer é criar uma — sim! — narrativa, aliás ingênua e batida, em que ele próprio é ao mesmo tempo o bandido que mata a velha dama aristocrática chamada Literatura e o mocinho que desvenda o crime, trazendo a boa nova de um futuro em que os narradores serão substituídos por... filósofos da linguagem? Se é verdade que vivemos um tempo de inflação narrativa em que a vida privada se vê transformada de maneira instantânea em "historinha" nas redes sociais, a única resposta que a isso pode dar a literatura, arte narrativa por excelência, é narrar melhor. Narrar a narrativa, narrar o processo que fez tudo virar narrativa. Ou criar uma narrativa que dê um jeito de ser tão focada que brilhe em meio à pasta amorfa geral, atingindo o frescor pelo paradoxo da evocação de uma certa luz perdida. Por definição, nunca se pode dizer de onde virá o novo. Mesmo porque a tal inflação não começou há cinco anos, nem há trinta. O modernismo é, entre outras coisas, uma réplica artística à trivialização das histórias promovida por imprensa, rádio e cinema no início do século XX. Parece inegável que a crise se aprofundou e exige novas respostas, mas supor que estas proscreverão sumariamente a pulsão narrativa, mãe de poesia e prosa, é um erro tão simplório que parar para discuti-lo só atrasa a vida — que, como se sabe, é curta. Deixe o cara falando sozinho e vá escrever aquele conto.

VIII.

Cultive um amuleto para os momentos de desespero. Pode ser Al Pacino perguntando a Diane Keaton em *O poderoso chefão*: "Quem está sendo ingênuo, Kay?" (Quem está sendo ridículo, cara?). Pode ser qualquer coisa, a memória do ar frio da madrugada entrando em seus pulmões numa manhã de pescaria na infância, um retrato da sua filha sorrindo com a boca suja de feijão quando tinha um ano, uma estrofe de Bandeira, um labirinto de Escher, uma canção de Nina Simone, uma foto de Gautherot, qualquer objeto material ou imaterial que tenha algo de imantado e permanente e que, invocado como último recurso, agarrado na vertigem do sorvedouro como as sobrancelhas de Capitu eram agarradas por Bentinho em dias de ressaca, o impeça de cair no ralo que cedo ou tarde tenta nos tragar a todos, aquela contabilidade avara de elogios e críticas e gentilezas e esnobadas e alianças e hostilidades e rancores guardados na geladeira em tupperwares etiquetados, nomes e datas, vinganças agendadas, o ressentimento justificado, o ressentimento injustificado — o ressentimento, só. Quando a corredeira dos egos escoiceantes ameaçar transformá-lo num idiota, num paspalhão, agarre seu amuleto com todas as forças e saia em diagonal, dançando um maxixe com ar distraído, para não ter que admitir nem para si mesmo que disso depende sua salvação.

IX.

Pense nas palavras como amantes jogo-duro, seres neuróticos e esquivos que, para cada noite de prazer desbragado a apontar o infinito da posse plena, destinam ao insensato que com elas se envolve trezentas noites de gagueira e frio e fome não saciada, de cabelos puxados no meio do deserto no mais atroz desespero. Desconfie das palavras. Se declaram amor, exija mais, cobre provas, invente caprichos. Se lhe dão as costas, vá atrás. Sendo preciso chegar a tanto, implore, humilhe-se, mas guarde uma secreta porção de orgulho: ela lhe será útil quando, após a próxima reconciliação, vocês brigarem de novo. Se desconfiar que as palavras lhe são infiéis, é porque são mesmo. Entregam-se a qualquer um que as saiba afagar, as vagabundas: o que são os clássicos da literatura universal senão os autos de seu ancestral pendor pela galinhagem? É só você que elas desprezam. Diante de suas cantadas subitamente ineptas, reviram os olhinhos, tingem os lábios de frio desdém. Revirar-lhes os olhinhos de prazer, morder seus lábios gulosos será então, para sempre, a ideia fixa do escritor, o padrão-ouro de sua vida. Coitado. Se tiver habilidade e sorte, conseguirá ter com as palavras uns poucos momentos memoráveis, o que é ótimo, contanto que não lhe suba à cabeça. É importante não esquecer que elas sempre vencem no fim, sempre esnobam, vão se entregar aos outros, ao mundo, a ninguém, deixando atrás de si, como uma cauda de cometa, o mudo turbilhão de indiferença que é a herança de todos os seus amantes.

x.

Desista se for capaz. Pode ser que, após ponderar os conselhos anteriores e testá-los em exercícios práticos diários, angustiosos e inconclusivos, você encontre no fundo da última gaveta da alma uma migalha de sanidade e vislumbre, ainda que por meio segundo, a possibilidade de uma vida de plenitude imediata em que escrever não seja necessário, mais até do que isso, em que escrever seja tão inconveniente quanto a música de mau gosto que vaza pela parede do vizinho no meio da noite. Nesse caso, é altamente recomendável agarrar a miragem e trabalhar dia e noite para fazer da fresta um caminho, da centelha uma rota de fuga para um mundo de coisas que existem antes das palavras ou à margem delas: amores sem versos declaratórios de impossível originalidade, luares desprovidos de citações, equações sonoras de Thelonious Monk fruídas com a paz resignada dos que não buscam tradução para o intraduzível. Se for bem-sucedido, você verá que esses e outros benefícios superam com folga aquilo que terá deixado para trás: a luta corporal contra o vento, as admirações minadas de ódio, as recompensas risíveis, a certeza do fracasso final e, acima de tudo, o doloroso e progressivo descolamento irônico entre o eu e qualquer ideia possível de eu. Se for capaz de desistir, não pense duas vezes: simplesmente desista. Mas pode ser que a esta altura seja tarde demais, caso em que já não caberão conselhos e só me restará lhe deixar aqui como despedida, meu igual, meu irmão, um voto de boa sorte.

Cenas da vida zooliterária, volume 1

1. O CLUBE

Ele não saberia dizer ao certo como ou quando tinha entrado para o Clube. As cláusulas foram escritas em meio a espirais de fumaça no ar frio sobre a calçada em frente a livrarias em noites de autógrafo, assinadas mais tarde com espuma de chope no tampo carcomido de mesas de latão, tudo tão vago que ele estaria desculpado se pensasse que tais recordações tinham a consistência de um sonho dentro de um sonho. Mas era bem concreta a resenha de página inteira que, menos de um mês depois, o chamava de gênio e seu último livro, de obra-prima incontornável, e mais concreta ainda a assinatura de prestígio vertiginoso a encimá-la. A essa crítica seguiram-se outras de tom semelhante espalhadas pelo país, numa orquestração que só poderia ser compreendida como o trabalho de um grupo coeso, um verdadeiro Clube, de forma que, quando atendeu o telefone com o coração disparado certa madrugada e ouviu do outro lado da linha uma voz rouca lhe perguntar sem preâmbulo se estava satisfeito, resolveu agir com naturalidade e dizer que sim, estava satisfeito. O que era verdade, pois nunca, em muitos anos de carreira literária, fora alvo de tanta atenção, e embora se julgasse merecedor da maioria dos elogios, não era ingênuo a ponto de ignorar que o merecimento era a carta de menor valor naquele jogo. A voz lhe passou então um nome estrangeirado, o nome de um colega, e desligou. Dois dias depois o nome soprado pela voz estava na capa de um livro sobre sua mesa de trabalho, junto com a carta em que o editor do suplemento literário do jornal em que fora chamado de gênio o convidava a escrever uma resenha. E nesse momento, novato, ele errou. Profissional consciencioso, fez restrições de forma e conteúdo ao livro, todas meticulosamente embasadas, e por duas semanas aguardou em vão que o texto fosse publicado. O segundo telefonema no meio da madrugada o pegou desprevenido. Dessa vez a voz rouca não lhe perguntou se estava satisfeito, mas igualmente sem preâmbulo o chamou de moleque, de trapaceiro, de palhaço, e disse que abrisse o olho, pois tinham seu endereço. A voz desligou antes que ele tivesse a oportunidade de pedir, por misericórdia, uma segunda chance.

2. O RELATO DE MAGNUSON, UM HOMEM DE BEM

A testemunha Olaf Magnuson, natural de Estocolmo, naturalizado brasileiro, conhecido como Olavinho, com quarenta e oito anos, empresário, residente à rua... da cidade de..., compromissada na forma da lei, respondeu: que por volta das oito horas da manhã de quinta-feira, 7 de outubro deste ano, chegou à academia de ginástica de sua propriedade, situada em..., e foi direto ao escritório, quando então deu pela ausência de Totó, seu funcionário, de nome completo Alceu Gouveia Nunes, que lá já devia estar; que tal fato o deixou irritado, motivo pelo qual chegou a proferir um palavrão em sueco, e que o dito palavrão era "subba", reputado intraduzível pelo depoente; que a irritação com a ausência do funcionário Totó o fez passar a mão no telefone e dar início ao trabalho agendado para todas as manhãs daquele mês, qual seja, o telemarketing pela vizinhança; que tal ação de telemarketing consistia em oferecer ao cliente em potencial uma semana de academia grátis, trabalho do qual não gostava, ainda que já o tivesse executado em outras ocasiões, sendo Totó um empregado pouco confiável; que pela hora seguinte, até as nove horas da manhã, falou com cinco clientes em potencial, dos quais dois se interessaram por sua oferta e dois disseram não; que o quinto cliente, aliás cronologicamente o segundo, não disse nem sim nem não, guardou um silêncio que em seguida pareceu cortado por um baque, e não desligou o telefone; que o depoente ficou na linha por mais alguns segundos, repetindo "alô" sem obter resposta; que então cortou a ligação e partiu para as seguintes, feitas as quais inspecionou o salão da academia por algumas horas e só depois, já pensando em almoçar, voltou ao escritório para espiar o computador; que naquele momento tomou ciência, num portal de notícias, da morte por infarto do famoso escritor Ettore Luxemburgo, encontrado duro no chão ao lado da cama, de pijama, telefone na mão; que, não sendo um homem de letras, admite nunca ter ouvido falar do famoso escritor Ettore Luxemburgo até aquele momento, mas identificou o nome como o de um dos clientes em potencial para quem ligara aquela manhã, servindo a estrangeirice da sonoridade de Ettore e Luxemburgo, ainda mais juntos, como garantia de memorização; que, no mesmo portal, leu a notícia do anúncio do Prêmio Nobel de Literatura, notícia na qual, mesmo não sendo homem de letras, passou os olhos e achou divertido ver que a outorgadora do prêmio se intitulava Academia Sueca, o mesmo nome de sua academia de ginástica; que viu-se, então, entre a gratidão àqueles conterrâneos pela publicidade espontânea e o rancor por ter seu nome copiado; que logo abandonou tal curso vadio de pensamento porque lhe ocorreu de repente com aguda clareza, ou "caiu a ficharada", nas palavras textuais do depoente, aquilo que acontecera aquela manhã no quarto do finado escritor Ettore Luxemburgo, sendo tais coisas que o telefone tocou e o dito escritor ouviu uma voz que falava português com sotaque nórdico dizer: "Sr. Ettore Luxemburgo? O senhor ganhou o prêmio da Academia Sueca!"; que, sim, abrira com a mesma frase todas as cinco ligações; que considera o ocorrido uma fatalidade, e assim espera que a Justiça o julgue, mas sua consciência de homem de bem não lhe permitiria omitir tal ocorrido das autoridades, visto saber-se, mesmo que involuntariamente, causador da morte de um homem; que, se alguma coisa o consola de tais sentimentos sombrios, é pensar que o famoso escritor Ettore Luxemburgo morreu feliz em seu engano, ainda que às custas de virar piada na posteridade.

3. HISTÓRIA DE TRÁS PRA FRENTE

 José Villoso, o escritor mais popular da história de Antares, a pequena ilha do Caribe, morreu aos noventa e um anos. Era gordo, rico e famoso, mas amargurado. Dizem que suas últimas palavras foram: "Os críticos que rezem para a morte ser o fim de tudo. Porque, se não for, eu juro que volto para pegar esses *cabrones*".

Villoso tinha sido a ausência mais notada no enterro, dez anos antes, de seu ex-amigo Juanito Penafort, o maior nome das letras de Antares. Ignorado pelo grande público, que passava longe de compreender uma arte rigorosa em que o experimentalismo se punha a serviço da ampliação das fronteiras do literário, Penafort morreu magro e pobre. Era considerado um deus pelos críticos.

O popular Villoso e o cultuado Penafort nunca mais se falaram depois de travarem uma polêmica amarga nas páginas do principal jornal de Antares, chamado justamente *Jornal de Antares*. Aos cinquenta e muitos anos, eram ambos nomes sólidos em suas respectivas praias literárias. Villoso escreveu um artigo em que chamava Borges de "ceguinho pomposo". Penafort replicou com violência, houve tréplica, contratréplica, deu no que deu.

Até o episódio da briga, Villoso e Penafort tinham sido o Gordo e o Magro da imprensa antarense. Repórteres e leitores adoravam o contraste cômico entre eles — literário, financeiro e corporal — e se enterneciam com o fato de, apesar disso, serem ambos tão fiéis a uma amizade que vinha da infância. "José Villoso é o maior escritor de Antares", dizia Penafort. "Nada disso, o maior escritor de Antares é Juanito Penafort", dizia Villoso. E se abraçavam rindo.

Pouca gente sabia que os primeiros livros escritos por ambos, ainda nos tempos da Faculdade Antarense de Direito, tinham permanecido inéditos. O de Villoso era um romance cubista de quinhentas páginas que narrava, numa multiplicidade de pontos de vista e idiomas — alguns deles inventados —, o período de um minuto e meio transcorrido entre dois sinais vermelhos em certa esquina da capital. O de Penafort era uma novela policial ensopada de sangue e sexo.

Quando tinham quinze anos, José e Juanito ganharam permissão dos pais para acampar durante um fim de semana no parque nacional próximo à capital, famoso por suas cachoeiras. Lá toparam com uma cabana na mata e ajudaram sua moradora, uma velha decrépita, a recuperar três cabritos que tinham fugido de um cercadinho tosco. Agradecida, a mulher serviu café aguado com pamonha de milho roxo em sua choupana. Disse que era feiticeira e que cada um tinha direito a um desejo.

4. *FLAME WAR*

Diante de seu computador velhusco, Adolfo Pinho Rosa, o eminente crítico literário, bufava. Maxilares rangendo, testa vincada de rugas, olhar de maluco, dedilhava sua última bomba na batalha internética que havia quase duas horas travava contra Berilo Camargo, o jovem escritor. *Flame war* era como chamavam em latim contemporâneo aquilo que era moda em 2009 e que naquele início de outono entretinha madrugada adentro, além de Berilo e ele, diversos internautas de nome inventado, alguns tomando um partido ou outro, a maioria só se divertindo com variantes do incentivo à pancadaria que aglomerações humanas tendem a jubilosamente manifestar.

E Adolfo Pinho Rosa escreveu: "Para encerrar esta novela e irmos dormir, eu quero dizer o seguinte: Berilo Camargo não chega a ser um escritor. Se esforça de forma até comovente para isso, mas falta-lhe o talento para transformar seu escasso porém (vá lá) intenso conhecimento literário em literatura. Falta gás. Seus romances, tanto *Lava fria* quanto *Os estranhos habitantes de Marte*, são patéticos simulacros de romance. Os personagens não convencem como gente, a prosa claudica, sintaxe e vocabulário abusam das contorções exibicionistas e se estrepam, a escolha do detalhe descritivo oscila entre o clichê e a originalidade inepta, as imagens não colam, o diálogo dá vontade de cortar os pulsos — enfim, um acidente ferroviário pavoroso é o melhor símile para cada uma das duas narrativas longas de 'ficção' que Berilo teve a imprudência de publicar (os contos são um pouco melhores, porque duram menos). Claro que nada disso o impede de continuar tentando: não faltam desses escritores de mentirinha por aí, e sempre haverá leitores de ouvido de lata para gabar, em troca de um interesse ou outro, seus méritos fulgurantes. Boa sorte ao 'escritor' Berilo Camargo. Só não me venha posar de sabichão aqui no blog, viu, escritor de mentirinha, porque eu sou um crítico de verdade que gosta de literatura de verdade e tem um nome respeitável e nenhum tempo a perder (um quarto do ano já se foi, como voa!) com eunucos intelectuais da sua laia".

Releu, trocou "eunucos" por "anões", ampliando dramaticamente o alcance estatístico da minoria que ofendia, e publicou o comentário.

Decidido mesmo a dormir, desligou o computador e se meteu na cama. Meia hora depois estava religando o computador e lendo os três comentários postados após o seu: "menos, adolfinho, menos: o berilo não é tão ruim assim, embora seja péssimo", "issssaaaaa agora só no brasso!!!", "Quem esse pedante filho da puta pensa que é, Antonio Candido?".

Apagou o terceiro: palavrão não. Estranhou o relativo silêncio, nem sinal de Berilo, e passou as horas seguintes olhando para as brasas moribundas da sua *flame war*, lendo os comentários sem relevância que chegavam e lambendo um a um todos os que tinha postado, em especial o último, que releu setenta vezes. O dia já clareava quando desistiu de esperar a reação de seu oponente, certamente adormecido àquela altura, e foi dormir.

Passava do meio-dia quando o telefone o acordou, um amigo lhe dizendo que Berilo Camargo tinha se matado aquela madrugada. Como? Cabeça no forno, e deixou um bilhete. Um bilhete? Um bilhete, e sabe o que ele diz? "Adolfo Pinho Rosa tem razão. Dedico a ele, com solenidade, a minha morte. Possa este último golpe narrativo finalmente impressionar Adolfo Pinho Rosa: neste livro, pestilenta criatura, você carrega meu cadáver na consciência até morrer."

O quê! Você só pode estar brincando comigo. Não brincaria com uma coisa dessas. Fala sério, o que o Berilo diz no bilhete de suicida dele? Espera aí, e se tudo for uma brincadeira, hahaha? Vem cá, o Berilo se matou mesmo? Lamento muito, Adolfo. Publicaram o bilhete na internet, já está com mais de quinhentos comentários. Ah, meu Deus. Cuidado, meu amigo. Eu não recomendo ler o que o pessoal está escrevendo a seu respeito, sabe como é a internet.

Leu tudo, absorveu tudo: cada insulto desmoralizante, cada imperativo escabroso, cada viscoso palavrão. Cada ameaça de morte. O suicídio de Berilo Camargo e a implicação do crítico Adolfo Pinho Rosa na tragédia eram o assunto preferido da blogosfera brasileira e começavam a ganhar projeção internacional. Antes de cair a noite, #berilolives tinha emplacado como trending topic mundial do Twitter e, no falecido Orkut, a comunidade "Morte ao crítico Adolfo Pinho Rosa" angariava adeptos com grande velocidade. Logo apareceu alguém para encontrar em seu texto uma sugestão claríssima de suicídio com a cabeça no forno: "Falta gás", frase que Adolfo, claro, tinha empregado de forma tão inocente quanto lhe permitia seu ódio de então, querendo dizer que faltava fôlego, capacidade. Mas o diabo da frase elevou ainda mais a altura das chamas que o mundo alimentava na ágora digital, onde um crítico literário de ex-excelente reputação ardia em mudo estupor.

Adolfo Pinho Rosa passou uma semana no inferno antes que Berilo Camargo viesse a público para revelar a fraude. *Hoax* era como a maioria das pessoas chamava a coisa, em inglês mesmo. Estava de férias em Jericoacoara, onde escrevia seu terceiro romance, e ria: "Primeiro de abril! kkkkkk, vê lá se eu vou me matar por causa de um mané desses". Só então Adolfo foi prestar atenção na data daquela guerra, ora veja. Sentiu-se esvaziar num jorro, feito uma sacola rasgada de feijão.

O sol iluminava as gargalhadas que subiam da ágora.

5. GERAÇÃO 90 NA *GRANDPA*: ANATOMIA
DE UMA TRAGÉDIA

Em retrospecto, pode-se afirmar que as sementes da calamidade foram lançadas quando correu a notícia de que a revista *Grandpa* dedicaria uma edição inteira aos escritores brasileiros com mais de noventa anos.

A princípio não seria possível distinguir agitação alguma na superfície do lago estético que a imprensa, dividida, chamava ora de "melhor literariedade", ora de "verdadeira geração 90". Os principais nomes do movimento souberam disfarçar o nervosismo diante de seus tabuleiros de damas na pracinha, ajudados pelo fato de que o tremor nas mãos não era exatamente uma novidade. Dentaduras duplas camuflavam os dentes afiados metafóricos. Bengalas e andadores escondiam tacapes e estiletes, e fraldões geriátricos, a disposição generalizada de cobrir de fezes a reputação dos colegas.

Se algum prenúncio de confusão houve naquele primeiro momento, ele não partiu dos escritores com mais de noventa anos, e sim dos que, aos oitenta e tantos, julgaram-se injustiçados. Um manifesto contra a "ditadura dos anciãos" chegou a reunir centenas de assinaturas. Os insatisfeitos não estavam desprovidos de razão. Meia dúzia de primaveras a menos não escondiam o fato de que as obras de alguns deles tinham as mesmas características — temática ultrapassada, imagística vintage, sintaxe détraquée — que uma influente turma da USP havia transformado em dernier cri crítico ao reler de forma radical o conceito de "estilo tardio" lançado por Edward Said e convertê-lo no único estilo digno desse nome.

Como se sabe, não foram os oitentões inconformados com os critérios da *Grandpa* os vilões da história. O grupo que concebeu e executou o plano de tomar de assalto o Teatro Municipal e boicotar a cerimônia de lançamento da revista era composto exclusivamente de escritores nonagenários, aqueles que, embora elegíveis, não tinham sido eleitos pelos editores estrangeiros.

Os líderes do movimento rebelde alegaram depois que as intenções do protesto eram pacíficas, baseadas em apupos, cornetas e farta distribuição, em pontos estratégicos da plateia, de exemplares daquele barbantinho fedorento conhecido como "peidinho-alemão". Não se sabe quem disparou a garrucha da Guerra do Paraguai que deflagrou o pânico e a correria, e que a polícia encontrou mais tarde entre pilhas de cadáveres pisoteados, aparelhos contra surdez destruídos e os malditos exemplares da revista que provocou tudo isso, apressando ironicamente a morte de grande parte dos artistas que buscava imortalizar.

6. A HORA DE CELSO RONQUILES, ALTER EGO

Do vasto repertório de histórias acumulado pelas relações periclitantes entre autor e alter ego, não será uma das menos curiosas a de Celso Ronquiles, que acusou o escritor Sérvulo Rodríguez de ser ele, o sr. SR, alter ego de CR e não o contrário. O caso propiciou uma divertida troca de farpas entre os dois, com os comentaristas se dividindo no apoio a um e a outro, em blocos maciços cheios daquela ira mutuamente esculhambadora da internet.

As evidências estavam contra Ronquiles, de quem se ouvira falar pela primeira vez no conto "Todas as amoras deste lado da cerca", de Sérvulo Rodríguez, publicado na revista manauara *Noitenorim* em 6 de fevereiro daquele ano. Rodríguez estava em aparente vantagem, portanto — visto ser obviamente preferível a condição de autor à de alter ego. Pelo menos ele, SR, era de forma comprovada o criador de Ronquiles. No entanto, os argumentos de Ronquiles em defesa da não existência de Rodríguez eram tão argutos, além de sensatos — filosoficamente no primeiro caso, literariamente no outro —, que obrigavam o leitor a concluir que nenhum dos dois existia de fato, como se "de fato" quisesse dizer alguma coisa àquela altura da marcha dos fatos.

Foi aí que, daquele blog lá dele, o outro SR entrou no

meio e tudo virou chanchada, como sói acontecer neste país. Mas algo ficou fermentando dentro de Ronquiles, aquela sombra da sombra da sombra. Dentro do personagem incipiente, natimorto, já quase e nunca mais que inteiro, no peito daquele zumbi grotesco os sonhos de existência plena não iam desistir tão facilmente. Logo medravam em expansões fúngicas multicoloridas pelas gretas craqueladas do que sobrou da realidade, onde escorre a seiva da linguagem pura: Celso Ronquiles tramando em silêncio a sua revolução. E um dia publicou o livro *Sérvulo, o servo das palavras*, que o tornava indiscutivelmente autor e SR, seu alter ego.

A vitória sobre o fraudulento Sérvulo Rodríguez foi tão acachapante que transformou Ronquiles. Antes um sujeito pacato e até gentil, recolhido à escrivaninha por timidez e talento, tornou-se um recluso rancoroso, violento e imprevisível. Dizia-se que estava trabalhando em um novo livro — não se sabia ao certo, uma vez que ninguém queria se aproximar muito —, mas a polícia alega que não encontrou livro algum depois que Ronquiles se jogou na frente de um trem do metrô. O que é um fim de história frustrante e até banal, reconheço, mas o que você esperava? Celso Ronquiles foi mais longe que a maioria, e aqui vai uma sincera lágrima por ele, mas era preciso detê-lo, e para tanto não encontrei ninguém mais à mão do que ele mesmo.

No momento do salto ainda lhe permiti pensar que a autoaniquilação, em paradoxo típico dos alter egos, dava-lhe enfim a vida ansiada por seu coração de minério. Sentindo-me ao mesmo tempo misericordioso e vil, saí assobiando aquela velha canção que diz: "O seguro morreu de velho, morreu do tempo que passa...".

7. A VERGONHA DO REI

O rei tinha vergonha de escrever versos. A atividade lhe parecia perfeitamente indigna de um monarca: catar palavras que andavam aos pinotes por aí, debochadas, malucas, incursas em crime explícito de lesa-majestade, e convencê-las a contar em jogral tosco, num palco de palito e papel, o que era indizível de saída. Ocupação nada real, lógico. Vício de duque ou visconde, vá lá: que mal podia haver num soneto que rimava "rosa" com "vaporosa" se se perdoavam fraquezas até maiores aos nobres, havendo os mais fracos entre eles que davam mesmo para devassos, ladrões, assassinos, por que não poetas? Rei era diferente. Civilizar o mundo, manter coesa a massa dos homens para melhor erguê-los da barbárie, isso era trabalho de rei. Anexar terras, matar a mancheias, ofuscar o sol era trabalho de rei. Só que o rei, mesmo morrendo de vergonha, não parava de escrever versos.

O rei tinha vergonha de sentir vergonha de escrever versos. A vergonha, sentimento de escravo, não ficava bem num rei. Este nada deve temer, nada falsear de sua natureza, pois esta cria a própria lei que rege o reino. Não se envergonhe o rei de nada do que sente, pois o que sente é justo e bom, ainda que mau na cartilha corrupta de bispos e filósofos. Nada o coage: imagine-se, por absurdo, o monarca de uma ilhota do Pacífico que pratique o canibalismo ritual, alimentando-se exclusivamente, em quatro refeições diárias, de súditos e súditas assados lentamente em espeto giratório no pátio do palácio. Pois nem esse monstro terá nada de que se envergonhar se for legítima sua coroa, bordada fibra a fibra na história de sua gente a grandeza augusta de sua casa, suas armas, seu sangue. O rei acreditava mesmo nisso. Não sabia por que, então, se envergonhava de ser poeta. Envergonhava-se de se envergonhar, o que, naturalmente, não o fazia se envergonhar menos, mas em dobro. Escrevia escondido.

Embora o rei seja por definição o mais solitário dos homens, porque ímpar, não são muitos os momentos de solidão literal em sua vida. A borboletear à sua volta há sempre uma nuvem de camareiros, conselheiros, pajens, lacaios, adulões, louvaminheiros. Querem vesti-lo, distraí--lo, dar-lhe de comer, banhá-lo em óleos aromáticos, manipular-lhe os divinos bagos. A solidão para rabiscar versos precisava ser conquistada às cotoveladas, idiossincrasias de soberano: o rei fazendo questão de caçar absolutamente só na floresta, ele e a mata, deixando nobres e guardas a centenas de passos de distância por três, quatro horas, enquanto escrevinhava, entre grunhidos, rubores de euforia e puxadas agônicas de cabelo, um épico sangrento ou uma balada clássica de amor. Aqui e ali, descia dos andaimes da obra para disparar um tiro a esmo. Depois fazia uma fogueira e voltava sempre de mãos vazias, caçar não estava entre os talentos reais.

Também escrevia em seus aposentos, mas eram sessões mais nervosas, intermitentes. Os pajens e a rainha não ofereciam risco: o rei tomava graves apontamentos administrativos, era o que talvez imaginassem, o pajem comum e a rainha extraordinária, analfabetos ambos, se ao menos tivessem imaginação. Na cama ou no banho o rei pegava então uma folha, arriscava um verso ou uma estrofe, mas tinha que estar alerta para a irrupção inopinada de um ministro, um conselheiro, um arquiduque qualquer que, pousando os olhos na lâmina de papel em que seus dedos se crispavam, decifrassem num instante a imensidão do seu opróbrio. Era o papel que o condenava, a materialidade porosa daquela pasta vegetal seca, com seu condão de existir para além do ato, futuro adentro, posteridade afora, multiplicando por milhões as oportunidades de flagrante. Eis por que, tanto em casa como na floresta, e ainda mal nascidos, as chamas consumiam todos os poemas do rei.

Naquela tarde, absorto à sua escrivaninha, o rei buscava a chave de ouro de um soneto quando ouviu a voz atrás de si: "Que bonito! Vossa Majestade é um grande poeta!". Voltou-se lívido, o sangue empedrado nas veias: reconheceu um fidalgote chamado Robledo, que vinha a ser contraparente da rainha por intermédio de um tio-avô empobrecido. Recém-chegado de uma temporada boêmia em Veneza, o que fazia o jovem em seus aposentos? Lembrou-se vagamente: por instâncias de sua caridosa mulher, o chefe de cerimonial do palácio tinha acabado de empregá-lo como camareiro, lambe-botas ou coisa parecida.

Estendeu-lhe a folha de papel: "Me ajuda com o fecho, Robledinho? Empaquei". O fidalgote pareceu radiante. Murmurou um quem-sou-eu, mas tomou do poema com a mão direita, enquanto a esquerda se punha imediatamente a contar sílabas. O rei se ergueu da cadeira e caminhou até o quarto ao lado, de onde voltou com a espingarda carregada. Dessa vez não havia como errar.

8. AQUELA TARDE EM LISBOA

Não era incomum que Esperidião Bastos, o poeta baiano, contasse sua vida a uma puta. Gostava disso, e como elas costumavam retribuir de bom grado com suas histórias lacrimosas, ocorria frequentemente um desabafo geral, caloroso e desprovido de riscos, que lhe dava algum conforto. Aquela tarde em Lisboa, no quarto de hotel ao lado de uma rameira bonita e não muito velha, morena magra com cara de moura, tudo parecia seguir como sempre. Depois de se aliviar, Esperidião recuperou o fôlego e, com a carcaça de meia-idade estirada na cama, barriga volumosa voltada para o teto onde rangia um ventilador que já devia estar aposentado, desatou a falar de Yolanda, das formas bafejadas pelos deuses de Yolanda, do fogo primordial que brincava nos cabelos rubros de Yolanda e do futuro comum que tinham planejado — futuro que ele mapeara em fina linguagem lírica na página de poesia d'*O Berro dos Grotões*, onde era sempre o convidado principal.

Foi quando apareceu o tal Medrado. Forasteiro, cara do Sul — de origem incerta, portanto. Gerente comercial. Tinha um pente Flamengo no bolso e sabia assobiar inacreditavelmente alto com os dois indicadores nos cantos da boca. Viera trabalhar n'*O Berro dos Grotões* cercado de alguma fama angariada em revistinhas da metrópole. Foi o próprio Esperidião quem, desavisado, os apresentou num sarau: "Seu Medrado, minha Yolanda". E a imediata faísca no olhar daqueles dois não lhe escapou, ou quase não lhe escapou, embora terminasse lhe escapando — por algum tempo, não quis acreditar. Como podia acreditar? Não quis, escolheu não.

Viu-se obrigado a acreditar quando Medrado estreou na página de poesia d'*O Berro* com "Meu ursinho panda":

Ó Yolanda,
Você é meu ursinho panda.
Nosso casamento vai ser chique

Vai ter guirlanda
E empadinhas
E vamos gerar pandinhas!

Foi o que, sem dúvida, o derrubou — o opróbrio de ser preterido por um subliterato bisonho. O escárnio de ver a joia de seus pentâmetros iâmbicos clássico-contemporâneos trocada por miçangas que um índio pré-colombiano recusaria. Não era normal aquilo. Homem de recursos, artista consagrado num círculo certamente provinciano mas nem por isso pouco influente, muitas mulheres já tinham entrado e saído de sua vida. Por que, então, não se curava de Yolanda?

Pandinhas gerou mesmo o impensável casal — um par de gêmeos nascido seis meses após as apressadas núpcias, o terceiro dois anos mais tarde. Enquanto isso, os amigos do poeta baiano cumulavam-no de receitas inúteis — religião, filatelia, política, outras mulheres, ioga, xadrez, pescaria — para a doença crônico-aguda que aleijara sua vida. Era um poeta incapaz de um único verso, um ex-poeta miserável a vagar de porre em porre, de bordel em bordel, buscando a sombra de Yolanda em tantas Madalenas de peitos tristes.

Estava ferrado, eis a verdade. Tinha dado àquela musa ruiva o que não se dá a ninguém: sua vida, a fonte mesma de sua energia vital. Sem Yolanda, nada jamais faria sentido. Esperidião Bastos contou então à puta de Lisboa que levou anos para compreender isso. Rodou pela Europa, logo se entediou, foi parar na Grécia, onde quem sabe poderia retomar na raiz o gosto por uma arte que já não lhe significava nada. Tudo em vão. Homero? Chato. Shakespeare? Engodo. Camões? Dava-lhe náuseas. Se a própria encarnação do Belo era capaz de, tendo escolha, se entregar inteira a um cantor tão primitivo e tão canhestro quanto Medrado, então todos os compêndios de estética eram excremento e a vida, uma piada sinistra.

— Vai daí que eis-me aqui — disse Esperidião, concluindo com um floreio seu relato. — Descrente da vida, despido de tudo, conversando com uma puta semianalfabeta de Lisboa.

Então a mulher, que até aquele momento estivera calada, falou:

— Se Camões te dá náusea, consulta um médico ou toma uma pílula. Eu por mim não me canso de navegar naquele oceano de linguagem, aquilo para mim tem uma qualidade amniótica.

E começou a vestir o sutiã. O poeta, de queixo caído, reparou que seus peitos não eram tristes, eram até bem alegrinhos.

— Mas esta é outra história. No teu caso — a mulher prosseguiu — o erro é supor que arte e vida possam ser refundidas de alguma forma, o poema equiparado à sedução, a sedução encarada como arte e esta vista como razão de ser, *raison d'être*. Não é mais possível isso, naturalmente. Tal saber ficou perdido no Jardim do Éden ou na cultura clássica, como diria o Goethe. O pensamento moderno não tem acesso a esse quintal.

Já de blusa e minissaia, calçou as compridas botas pretas de pistoleira e fechou cada uma delas com um movimento brusco do zíper dourado.

— Como tampouco tem acesso, o pensamento moderno, à grande tragédia, que ele deu um jeito de transformar em drama. É isto então, meu infeliz amigo: crês que protagonizas uma tragédia e só consegues, mal e mal, galvanizar a lâmpada circense de um dramazinho cômico.

— Espera aí — ocorreu a Esperidião protestar —, dramazinho cômico também não!

— Burlesco — disse a puta —, patético. Achas mesmo que só porque és melhor poeta vais ganhar a mulher? Sabes nada de mulher, não é verdade?

— Não foi o que pareceu meia hora atrás — ele replicou, simulando uma expressão entre a indignação e a mágoa, mas na verdade não sentindo nem uma coisa nem outra. Estava inteiramente submetido ao sortilégio da puta com PhD, pensando: será de Coimbra? Não teve tempo de lhe perguntar, ela já tinha catado a bolsa e se punha de pé.

— Queres saber? Para mim, o que fez a diferença foi o assobio.

— O quê?

— O assobio incrivelmente alto do Medrado — e deu um sorriso triste. — Estou a ir-me.

O poeta Esperidião Bastos não sabia o que dizer. Improvisou:

— Não vai querer receber em sonetos, suponho.

— Cash — disse a mulher, calma.

— Seriam belos sonetos — ele encolheu os ombros, alcançando a carteira sobre o criado-mudo.

9. EM TRINTA ANOS, SEREMOS TODOS AMIGOS

Ao entrar no bar, Rodolfo tem certeza de que ninguém sabe que está entrando um escritor. Ou ex-escritor, se é que existe essa condição. Às vésperas de completar setenta anos, os últimos vinte passados em silêncio e fora de todos os catálogos editoriais, ele acha que não faz diferença.

Numa mesa ao fundo, perto do banheiro, o também escritor ou ex-escritor Romualdo, de trajetória semelhante, está bebendo sozinho. Vê Rodolfo antes de ser visto por ele e, num velho reflexo, sente seu corpo se retesar na cadeira.

Rodolfo e Romualdo, companheiros de geração, nunca conversaram, embora tenham se visto e laboriosamente se ignorado meia dúzia de vezes em eventos literários do passado. Todas as suas trocas de ideias opostas se deram por meio de resenhas ácidas, artigos venenosos e maledicências variadas. Sempre se consideraram inimigos.

Rodolfo acaba de perder a mulher para um câncer fulminante de fígado, mas Romualdo não tem como saber disso. O único filho de Romualdo morreu há oito meses num acidente de trânsito, mas Rodolfo também ignora essa informação. Se um dia tiveram amigos comuns que pudessem ser condutores de tais notícias, hoje a maioria está dispersa ou morta.

Rodolfo não consegue dormir mais de duas horas por noite desde que a mulher morreu. Romualdo recebeu do médico a ordem de parar de beber imediatamente, sob o risco de morrer em pouco tempo, mas tem feito o possível para não pensar nisso.

Procurando uma mesa vazia inexistente, Rodolfo enfim vê Romualdo, que está olhando para ele. Sem se dar conta, ergue o braço numa saudação tímida.

Seguem-se alguns segundos de indecisão. Romualdo não retribui o aceno. Rodolfo está quase indo embora do bar quando se lembra de uma frase do Ricardinho, o doce Ricardinho, prosador fino e também esquecido, no auge daquelas datadíssimas batalhas literárias do início do século:

— Em trinta anos, seremos todos amigos.

É o eco da voz de Ricardinho, que morreu de infarto há quase uma década, que conduz Rodolfo até a mesa de Romualdo. Com a mão meio trêmula, agarra o encosto de uma das cadeiras vazias e tenta sorrir:

— Posso?

— Nem se atreva, seu verme, subliterato de quinta!

Rodolfo ergue o dedo médio e o sustenta no ar pelo que parece uma eternidade, encarando Romualdo, antes de dar meia-volta.

Como era ingênuo aquele Ricardinho.

10. GLORINHA

Maria da Glória Fagundes, conhecida como Glorinha, nascida no Irajá, tirava notas horríveis na escola mas era linda, linda. A coisa mais linda do mundo. O escritor, que até aqui não sabia que era escritor, se apaixonou por sua boca e seus cílios e seus tornozelos. Tinha quinze anos e desabrochou poeta romântico.

O jovem escritor recitava ribombantes versos de amor e morte para Glorinha, coisas de estremecer estátuas, mas ela achava pouco.

Então foi estudar. Em alguns anos tinha um título de bacharel em direito e um romance realista urbano cheio de arestas e reentrâncias que dois ou três críticos enalteceram, falando em pós-noir. Glorinha Fagundes não se impressionou. Pós-noir é fácil, quero ver poesia provençal, disse uma tarde, distraída, comendo uvas.

Custou ao escritor nove anos de trabalho duro tornar-se a maior autoridade brasileira nos arcanos trovadorescos, com estudos publicados na Europa e nos EUA. Mas a essa altura a srta. Fagundes já tinha virado a sra. Wilson, mulher do famoso professor de semiótica, e estava em outra, vidrada nos irmãos Campos. Foi assim que o escritor se viu contando letras concretas para em alguns anos construir uma obra que se convencionou chamar pós-concreta e que, sendo absolutamente ilegível, fez grande sucesso com críticos universitários.

Assim, de fase em fase, o escritor foi se fazendo notar. Ao sabor dos caprichos de Glorinha, escreveu comédias teatrais de sucesso, adaptou clássicos da literatura de cordel para séries de TV, arquitetou ensaios profundos sobre política e estética, depois largou tudo e se dedicou a ser um místico, um mago, e vender milhões. Ficou muito rico.

E a outra lá, a essa altura separada e galinhando à beça, sempre achando pouco.

Nas décadas seguintes, Glorinha extraiu do escritor poemas épicos e fesceninos, romances satíricos e formalistas, contos longos e contos curtos, novelas, noveletas, panegíricos, sermões, limericks, bruscas vinhetas com estética de pichador de rua, uma epopeia pós-modernista de novecentas páginas escrita de trás pra frente, tendo por tema central a cárie que duelava com o escritor por seu canino direito, e um compêndio de frases de filósofos clássicos segundo a neurolinguística corporativa — este, *Se Platão trabalhasse para você*, tornou-se seu livro mais vendido, superando os do mago. Agora o escritor está arquimilionário.

E Glorinha, evidentemente, nem aí. Não é com ela. Diz, por exemplo: Drama sueco, a perfeita tradução em prosa de um certo clima bergmaniano, isso sim é que é o bicho! Como não pensei nisso antes?

O escritor respira fundo, que remédio, e põe mãos à obra.

Breve história de alguma coisa

1. *IN MEDIAS RES*

— E agora?
— E agora o quê?
— O que nós fazemos?
— Bom, não sei bem. Imagino que alguma coisa que o leitor só vá compreender umas páginas adiante. Alguma coisa que por enquanto o mergulhe num estado de relativa confusão.
— Confusão? E qual a vantagem disso?
— É uma velha técnica. Tão respeitável que tem até nome em latim, *in medias res*.
— Média o quê?
— Quer dizer "no meio das coisas". Você joga o leitor no meio da história e ele tem que se virar para entender o que está acontecendo. Quem sou eu, quem é você. Qual é o conflito entre nós.
— Conflito? Há um conflito entre nós?

— Lógico. Sem conflito, não haveria história.
— Hmm. E o leitor acha legal ficar confuso?
— Até certo ponto. Uma dose de confusão pode estimular a curiosidade dele, o espírito detetivesco. Se passar do ponto fica chato, claro.
— Quer dizer, em algum momento as coisas têm que começar a fazer sentido.
— Isso. Você não é tão burro quanto, *ai!* Por que você me bateu, cara?
— Não sei bem, estou um pouco confuso. Deve ser o nosso conflito.
— Doeu, tá?
— Vamos de novo!

2. O GRANDE SILÊNCIO

O velho sentado perto dele no banco da praça o viu escrevendo no bloco e perguntou se era poesia. Era um velho mirrado e cinzento, da cor do paletó surrado que usava. Parecia um passarinho molhado, mas os olhos eram vivos. Respondeu que não, não era poesia. Era só uma carta.

Ia acrescentar que era uma carta de adeus, mas calou-se.

— Ah, eu já fui poeta. Há muito, muito tempo — disse o velho.

Ele depôs a caneta sobre o bloco em seu colo, a leve irritação inicial dando lugar à curiosidade. Bem que precisava de distração.

— E por que não é mais?

A pergunta deixou o velhote pensativo por tanto tempo que ele já se preparava para voltar a escrever, julgando seu interlocutor desinteressado da conversa, talvez maluco. Certamente maluco. Mas de repente o outro disse:

— Uma vez eu vi num filme a história de um fotógrafo que todo dia, assim que acordava, abria a janela e fazia uma foto. A mesma paisagem, com chuva ou com sol, no mesmo horário, dia após dia. E cada dia a foto era diferente. A luz, a textura, as variações eram infinitas. Você viu esse filme?

— Acho que não.

— Ah, invejo você. Se eu não tivesse visto, talvez ainda fosse poeta. Estaria aqui escrevendo versos em vez de encher a sua paciência.

— Imagine, não está enchendo nada.

O velho deu um risinho seco.

— Depois que vi aquele filme maldito, todo dia ao acordar eu abria a janela e escrevia: "Manhã". E todo dia a palavra era igual. Manhã, sempre manhã, nada além de manhã. Um tédio danado. Você entende?

Maluco, claro. Ele olhou para a carta recém-começada em seu colo, encabeçada pelo nome da mulher que devia ser sua para sempre e que agora, para sempre, jamais seria.

— Acho que não entendo — respondeu, sem saber direito o que dizia. — Para que a manhã fosse sempre diferente, seria preciso acrescentar outras palavras. Cada dia um adjetivo, um monte de adjetivos.

— Exato! — o velho gritou. — Você entende! Cada dia um adjetivo, milhares deles, até esgotar o dicionário. Até que um dia, sem mais palavras, eu caísse no silêncio, que é a única coisa tão infinita quanto as variações da manhã. Então eu pensei: por que não queimar etapas e cair no silêncio logo de uma vez? Foi assim. Nunca mais escrevi.

Tendo dito isso, levantou-se do banco e saiu andando

sem se despedir, só ele e sua sombra, pelo caminho de pedra entre os canteiros.

3. O INÍCIO

Pedaço de carvão negro entre os dedos, à luz trêmula dos últimos carvões vermelhos, o homem risca a parede da caverna. Os outros homens dormem, as mulheres dormem. Lá fora uivam lobos, mas o homem, chamado Gaar, não sente medo.

O dia foi bom. Mataram dois porcos, um grande e um pequeno, mãe e filho, e todo mundo dorme de barriga cheia. Mais cheia ainda está a barriga da mulher ao seu lado, que cresce a cada dia.

O dia foi bom, poucos dias são assim tão bons e muitos são ruins, alguns até muito ruins. O dia foi bom, mas amanhã ninguém pode dizer se será bom ou ruim. O homem Gaar é sabido, um dos primeiros que um dia ganharão esse nome, e sabe que aquele ciclo não tem fim. Que sempre virá mais um sol, e depois mais uma lua, e que no ventre da mulher seu filho ficará cada vez maior. Até morrer, claro.

O homem, que não sente sombra de sono, rabisca traços na parede da caverna como quem tateia o futuro. Sonha, sem saber que sonha, com palavras que registrem o momento que passa, a noite de um dia bom, véspera de outro dia que não se sabe como será, mas este por enquanto é bom. Porcos mortos. Barriga cheia. Filho que virá, se não morrer.

Até os lobos uivantes que um dia temeu mais do que tudo no mundo, e que agora o fazem sorrir sem saber por quê, ele gostaria de ter palavras para fixar na parede da caverna. Porque os lobos também vão passar na fieira interminável de sóis e luas e isso os torna de algum modo menos temíveis. Mais parecidos com ele, homem.

O carvão em seus dedos risca um traço, outro traço paralelo, depois um mais longo, perpendicular, que corta os dois paralelos e vai terminar na borda de um círculo. Gaar olha para a parede da caverna e sente uma onda de alegria invadi-lo.

Conseguiu. Acha que conseguiu. A superfície de pedra exibe sua mensagem para qualquer um que saiba ler:

"Estive aqui."

4. HISTÓRIA DO MUNDO EM TREZE TUÍTES

1. Um dinossauro ergue o pescoço contra o horizonte metálico. Volta a dormir. Nada acontecerá nos próximos 5 milhões de anos.

2. O chão espelhado da planície calcária reflete os bilhões de estrelas do céu negro. O mundo é jovem. Um fauno passa.

3. Um olho abre devagar. Pisca. Estava escuro antes, a luz o cega. Um olho abre bem devagar.

4. Velho aos 20, morto aos 25. Copula desde os dez. Doença. Dor de dente. Mau hálito. Risadas.

5. Experimenta a poligamia. Divertido, mas guerras passionais dizimam o mundo. Dez mil anos depois surge o casamento.

6. A roda? Não foi inventada por ninguém, a roda existe na natureza. O primeiro tronco usado para rolar era uma roda.

7. A grande invenção da infância da humanidade não é a roda, é o domínio do fogo. Que tem inventor, embora de nome nebuloso.

8. Serviram reis. Foram escravizados. Fugiram daqui para lá. Maltrataram outros povos. Fizeram música. Entraram em declínio.

9. E prosperaram. E caíram mais uma vez. Gerações sucessivas, em camadas, tanto nervo amalgamado nessa lama.

10. Para quê? A pergunta perpassa milênios sem conta, como linha subjacente de baixo, dos pterodátilos aos datiloscopistas.

11. Para quê? A mãe que perde o filho para o tifo. A traição mortal a um irmão por dez dinheiros. Enchentes, dias de sol.

12. A dor do amor, a dor do luto, a dor do cálculo renal, da solidão, do câncer, a dor de não sentir dor ou sentir dor demais.

13. Para quê? E esse para quê é o olho que pisca, que tanto tempo depois ainda não se acostumou com a luz.

5. TRAGÉDIA PALEOLÍTICA EM DEZESSETE TUÍTES

1. Gha era seu amigo. Matavam bichos, dividiam a carne, raramente trocavam socos.

2. Deixou Gha sozinho na mata no dia em que foi tomar banho no rio e lá conheceu Fia.

3. Fia foi morar em sua loca e ele passou a caçar sozinho. Teve que bater um pouco em Gha para ele ir embora.

4. O mundo ganhava nomes com Fia. Espuma da água. Cangote cheiroso. Passagem estreita.

5. Começou a prestar mais atenção no poente. Ensaiou batizar as cores em prisma na imensidão do céu.

6. A barriga de Fia cresceu. Muitos poentes depois, nasceu Uh. Uh era como Fia: mulher. Pensou em matá-la, mas desistiu.

7. Um dia, Uh já era mais alta que um cabrito, a caçada o levou longe. Passou três sóis e duas luas afastado da gruta.

8. Voltou um início de noite com dois cabritos mortos e encontrou Gha e Fia se lambendo junto do fogo. A pequena Uh olhava.

9. Matou Gha com o bom facão de pedra lascada, rasgou sua barriga, encheu-a de pedras e jogou tudo no rio.

10. Fia aproveitou o tempo que essas ações tomaram para sair correndo mata adentro, Uh em seu encalço.

11. Estava escuro. Esperou. Começou a assar um cabrito. O cheiro de carne queimada se espalhou. Grilos cantavam.

12. "Comida", gritou para a mata. Um tempo depois, Fia veio e ele lhe deu de comer. Ela quis falar, ele tapou sua boca.

13. Sacudiu a cabeça: "Não! Comida". Assim que Fia acabou, fez um talho fundo em seu pescoço e a deixou gorgolejar até morrer.

14. A pequena Uh, não. Amanheceu e ela não veio. Foi encontrá-la, dia claro, no alto de uma árvore. "Melhor: assim só empurro", pensou.

15. Foi em frente às cegas, mas um rudimento de moral raiava, esmagando-o. Seu ato era enorme: não cabia testemunha.

16. Assim que chegou ao alto da árvore, Uh o atacou com unhadas nos olhos. Teve que apagá-la com um soco na cara.

17. Desceu da árvore com Uh nos ombros. Jogou água em seu rosto. Deu-lhe de comer. Naquela mesma noite tinha outra mulher.

6. O PEQUENO SILÊNCIO

— Até quando você acha que o leitor vai aguentar?
— Depende.
— Depende de quê?
— De um monte de coisas. Da luz, da música, do clima. Literatura não é só palavra.
— Não precisa me dizer que literatura não é só palavra, cara. Duvida que eu escreva uma peça de teatro inteira muda?
— Duvido.
— Pois aguarde, mané. Mas não temos tempo para isso agora. O que eu quero entender é até que ponto o leitor vai aguentar. Quero dizer, antes de ficar entediado, se ajeitar na cadeira, olhar o relógio. Achar que o personagem esqueceu a fala.
— Antes de vaiar.
— Isso, antes de vaiar. No caso do leitor, largar, deixar de ser leitor. Cometer leitorcídio.
— Leitorcídio é uma péssima palavra para uma ideia excelente. Já vejo magotes deles se atirando dos viadutos…
— Homem de pouca fé. Pense bem. Um personagem interrompe sua fala no meio: "Vamos recapitular". O silêncio se prolonga. Parece uma pausa de efeito dramático, mas se prolonga, se prolonga, não acaba nunca mais. Não pode ser só uma pausa de efeito dramático, o leitor começa a pensar. O que é isso?
— Boa pergunta. O que é isso?
— Uma experiência. Uma brincadeira com o tempo da narrativa. Tem um filme do Godard em que a pessoa está cozinhando, joga o omelete para o alto, vai ao banheiro,

atende o telefone, volta cinco minutos depois e apara o omelete na frigideira.

— Sei. E você quer ser o Godard do texto.

— Só pensei em brincar um pouco. O que tenho a perder, se tudo já está perdido de antemão? Até que ponto o leitor suporta o silêncio dentro de uma construção literária sem achar que ela chegou ao fim, sem abrir outro folder. Qual é, no fundo, o limite da nossa tolerância cognitiva com a elipse, entendeu?

— ...

— ...

— ...

— Entendeu?

— ...

— ...

— Vamos recapitular.

7. UMA HISTÓRIA GRANF

No baú sem fundo das histórias que nunca foram escritas, imagine a de uma comunidade pré-histórica que não conhecia a linguagem falada além de dois grunhidos bipolares, "granf" e "grunf" — indicações grosseiras de sim ou não, bom ou ruim, lindo ou horroroso, curti ou não curti. À parte essa lacuna embaraçosa, era uma sociedade perfeitamente funcional e até sofisticada que cultivava vastos campos de inhame, o casamento monogâmico e o pagamento de propina aos seus líderes religiosos em troca de felicidade ("granf") na vida eterna.

Um dia, dois dos mais bonitos e saudáveis ("granf-
-granf") jovens da aldeia decidiram se casar. Tudo se passou

de acordo com a melhor tradição de seu povo: o noivo embolachou a noiva até ela perder os sentidos, arrastou-a pelos cabelos até sua caverna e a manteve amarrada com cipós de aroeira à espera da cerimônia, marcada para dali a sete sóis.

No dia do casamento, chegou à aldeia um presente misterioso trazido de uma comunidade situada do lado de lá das montanhas por um portador peludo que logo deu um jeito de sumir dali. A princípio todos sentiram medo ("grunf") do estranho regalo: um saco enorme feito de bexiga de bisão, cheio de coisas que, sacudidas, produziam um barulho suspeitíssimo. Demoraram algum tempo a reunir coragem para abri-lo e ver que ele estava repleto de palavras. Na sua inocência, uma criança foi a primeira a enfiar a mão lá dentro e puxar um item aleatório.

— Irado! — saiu dizendo.

Foi assim que a comunidade aprendeu a nomear tudo o que lhe era mais caro: inhame, monogamia, dízimo, vida eterna. Infelizmente, esta é uma história sem final feliz, porque o casamento dos jovens bonitos e saudáveis que propiciou tudo isso não durou muito tempo. Ela logo deixou a caverna dele para nunca mais voltar, pisando firme e dizendo a quem quisesse ouvir:

— Tremendo porco chauvinista!

8. O FIM

— Tem certeza que está morto?
— Absoluta. Infelizmente.
— Mas não poderia estar, digamos, só em coma? Ou

hibernando? Quem sabe prestes a renascer das próprias cinzas qual uma maravilhosa...
— Impossível. Lamento.
— Mas o senhor sabe que esse atestado de óbito já foi passado muitas vezes, não sabe? Há mais de um século que é assim. Toda vez que um criticozinho obscuro quer aparecer, a primeira coisa que lhe ocorre é...
— Estou ciente disso.
— E mesmo assim...
— O que posso dizer? Desta vez é sério: a ficção está morta, o romance está morto. Talvez os coveiros do passado tenham se precipitado, declarando morte onde havia apenas doença. Ou talvez estivessem certos o tempo todo, e o que temos visto desde então não passe de um estado de zumbi, o movimento que permanece no rabo amputado de uma lagartixa. Só o que posso lhe garantir, após o exame clínico que acabo de realizar do alto do meu pós-doutorado, é que agora já era mesmo. Babau. Finito.
— Puxa, mas isso é tão triste.
— Fale por você.
— Logo agora que eu ia finalmente começar o *Quixote*...
— Veja bem, nada impede. Cada um desperdiça seu tempo como quiser. Romances são e continuarão sendo ótimas peças de museu, só não se mexem mais. Não pulsam, entendeu?
— Estou tentando. Mas, se o romance morreu, por que ninguém está triste? Por que ninguém veste luto, ninguém uiva sobre o caixão, ninguém chora pelos cantos?
— Pois é justamente a maior prova, meu caro. Ninguém está nem aí.
— Nem o senhor, não é?
— Eu?

— Sim, o senhor. A autoridade que assina o atestado. Não lhe vem nenhum pesar ao fazer isso? Não vai sentir falta dele?

— Como escora de porta ou peso de papel, sem dúvida. Lembre-se: sentimentalismo é coisa de romance, também está morto. Pode acertar a consulta com a secretária na saída, sim?

9. ESTUDO EM SOLFERINO

Se você acreditasse numa palavra do que está lendo, saberia que a escadaria era alta e larga, de mármore, e que no centro dela descia lambida uma língua púrpura de veludo que vinha morrer aos pés de um cântaro de ouro velho, um tipo de cântaro de cintura alta que foi moda no Ancien Régime ou coisa assim, era o que estava escrito no verso do cartão-postal, mas cito de memória porque o postal se perdeu, Smirna o enfiou em sua famosa bolsa sem fundo e o levou, quando saiu da minha vida.

Agora, por um instante, você talvez considere a possibilidade de acreditar no que está lendo, mas que nada, logo fica esperto: Smirna é um nome tão inverossímil, só faltam lúgubres bares búlgaros, encontros em vielas de Saigon, ou fazer dela uma puta de luxo especializada naquele último grito da perversão — a *tonushka dentata*.

E no entanto, distante de todos esses lugares, atividades, a Smirna que eu conheci, que mergulhou em Fernando de Noronha, que fez concurso para a Receita Federal e não passou, essa Smirna levou para sempre o postal da escadaria de mármore lambida de um rútilo solferino que

Smirna ou uma mulher muito parecida com ela descia lentamente, heráldica, com seu salto stiletto.

A caligrafia do postal corre na página diante de seus olhos incrédulos, e você se surpreende ao notar que as maiúsculas têm volutas de época e que a tinta roxa da caneta cheira a bala de alcaçuz, embora você não faça a menor ideia do cheiro das balas de alcaçuz, enquanto Smirna, porque só pode ser Smirna, desce a escadaria hemorrágica em câmera lenta, ganhando tempo, punhal na mão.

E aí você entende e ao mesmo tempo perde por completo a capacidade de entender. Smirna é ela — é Ela. O brilho intuído da lâmina tira um fino do seu gogó. Você acredita por fim.

10. PÓS-HUMANO

A manhã entrava por seus muitos olhos arrastando feito um tsunâmi lembranças de noites passadas em claro desde a infância pleistocênica da espécie, tudo atropelado aos borbotões para ir desaguar na privada com estrias de alfabetos esquecidos que ele contemplava agora bem de perto, cabeças inumeráveis enfiadas ali.

Era como se quisesse desnascer útero adentro daquelas linhagens imemoriais de deusas gordas da fertilidade que contemplavam a cena espremidas holograficamente no banheirinho atrás da rodoviária. Ele sente que todo o álcool que aqueceu, desinfetou e depois escalavrou seu tubo digestivo e os de seus mais remotos antepassados e mais imprevisíveis descendentes, quer agora retornar, fazer o caminho inverso, vazar para o cosmo num rio de plasma que logo tentará afogar o sol.

Miríades de olhinhos piscam frenéticos, que agonia. O último suspiro escapa da alma do último personagem e se dissolve na indiferenciação de um universo hostil. Pronto, pronto.

O autor está morto, a subjetividade está morta, apregoam, em infinitas variações, quatrocentos quatrilhões de cartazes numa passeata silenciosa contra um inimigo que já não está lá.

No que você está pensando?, pergunta o algoritmo.

TERCEIRA MARGEM

Jules Rimet, meu amor (Folhetim)*

1. A COPA VAI COMEÇAR

Estou na varanda da torre de um castelinho neogótico em Santa Teresa, nu como um bebê, e escrevo com uma esferográfica de tampa mordida em meu caderno apoiado na amurada, enquanto observo a claridade nascente do primeiro dia da Copa do Mundo de 2014 insinuar tons de ouro no espelho da baía de Guanabara e sobre o casario castigado do centro do Rio. Não, não será aqui na velha cidade apadrinhada por São Sebastião, o mártir homoerótico crivado de flechas, que a competição começará: interesses políticos e econômicos decidiram levar a partida de abertura para São Paulo, megalópole incomparavelmente

---

* Novela publicada originalmente em capítulos diários no jornal francês *Le Monde* como parte de sua cobertura da Copa do Mundo de 2014, com tradução de Ana Sardinha e Antoine Volodine.

mais rica e menos carismática, deixando para o cartão-postal do Brasil o encerramento, a final, a apoteose — querem mais o quê, vocês aí da praia?

Até alguns dias atrás isso me irritava, como me irritava a desorganização que cercou os preparativos da Copa, aquele show de incompetência, politicagem, corrupção e desprezo à palavra empenhada que é provavelmente a explicação para este dia nascer tão pouco elétrico: a cidade e o país zumbindo em voltagem baixa, todo mundo meio envergonhado, cabreiro, preferindo que a maior competição do futebol tivesse qualquer outra sede no planeta para que afinal se pudesse torcer em paz pelo time de camisa amarela, como sempre. Sonhar que podíamos ser os melhores do mundo outra vez. De alguma forma, é tarde demais: paira no ar a certeza não verbalizada de que o Brasil já perdeu a Copa, mesmo que venha a ganhá-la.

Não que isso tenha importância para mim agora. Limito-me a olhar o horizonte vermelho, o Pão de Açúcar negro nele recortado, aquela beleza tão gratuita quanto inútil, e escrever. O troféu pelo qual todas as seleções vindas de longe começarão a se digladiar daqui a pouco me parece trivial, insignificante — ridículo — quando comparado com minha fênix adorada. Opa, eu escrevi "minha"?

Sim, escrevi. Sinto que estou perdendo contato com toda forma de sensatez. Não ligo. Mesmo assim sei que uma decisão precisa ser tomada logo, de preferência antes que Julia acorde, e por isso escrevo.

Preciso entender quem sou eu nessa história estranha, otário ou predestinado, de todo modo o fio que une três ruivas a um tesouro e deságua num pacto de vida ou morte. Atrás de mim, além das cortinas semicerradas que a brisa balança de leve, Julia dorme nua entre os lençóis amarfanhados, nacos de seu corpo muito branco aflorando aqui e ali das dobras do linho azul, como membros esquartejados. Reparo que na pressa de nos agarrarmos — no estado febril que é permanente desde que nos conhecemos, há pouco mais de uma semana, e que não se aplaca senão por um punhado de minutos após cada desmoronamento — esquecemos de fechar na noite passada o pequeno cofre embutido na parede, dois palmos acima da cabeceira forrada de palhinha da grande cama de casal.

O quadro que deveria esconder o cofre cor de chumbo, o desenho original de um fauno tocando flauta assinado por Pablo Picasso, repousa no chão ao lado da cama, encostado à parede. Julgo ver uma fulguração vinda do interior escuro da cavidade metálica, que na penumbra do quarto, em meu delírio, me parece um cu quadrado. Temo estar enlouquecendo. Por não entender direito o que fazer, o que aconteceu e o que acontecerá, escrevo como se escrever fosse algo que faço pela primeira vez na vida.

2. A RUIVA

Conheci Julia quando fazia, bêbado, um discurso sobre o roubo da taça Jules Rimet às duas da manhã de uma festa cheia de celebridades, diante de meia dúzia de convivas moderadamente interessados. Ou melhor, meia dúzia de convivas moderadamente interessados e Julia, que, sentada num canto do terraço debruçado sobre o mar negro de Ipanema, bicava em silêncio uma taça de champanhe e me escrutinava sob a franja vermelha com seus olhos amarelados, da cor da bebida em sua mão.

É claro que reparei nela desde o início. Era ruiva, ruivíssima, além de linda, e em seu silêncio compenetrado parecia mais absorta em minhas palavras do que o resto da plateia. Logo eu discursava só para ela.

As coisas que o álcool nos leva a fazer: eu, que gostava de me ver como um escritor sério, reservado — e que conhecia tão bem quanto qualquer um o mal que a ejaculação precoce de ideias pode causar ao processo criativo —, tinha decidido falar perdulariamente de meu próximo projeto para aquela plateia aleatória. Não é de explosões de vaidade desse tipo que depende o sucesso dos intelectuais em festinhas da moda?

Eu tentava acreditar que sim, embora "sucesso" não fosse a primeira palavra que me viesse à cabeça diante da expressão da maioria de meus ouvintes, onde se lia algo entre o tédio e o vago escândalo.

— O que você quer dizer com incompetência atávica? — tinha chiado no início do meu discurso o jovem barbudo de camisa xadrez que alguém me apresentara como líder de uma banda de rock.

Ocorre que simplesmente estar ali, no centro de uma rodinha de convidados mais ou menos famosos na cobertura de Domitila Salvador, a relações-públicas mais quente do Rio, era prova suficiente de sucesso. Eu, o ex-patinho feio, o ex-escritor obscuro abandonado sem piedade pela mulher, fazia o possível para recortar uma figura de cisne-real na madrugada ipanemense cheirando a maresia, embora seja provável que minha falta de prática para o estrelato me deixasse mais parecido com um ganso.

É claro que o álcool respondia apenas em parte por minha embriaguez. Lançado dez meses antes, o romance *1970 razões para morrer* tinha me catapultado à cobertura de sonho da avenida Vieira Souto com suas reedições sucessivas e seus contratos de tradução mundo afora, algo que àquela altura da minha carreira de escritor — não me envergonho de admitir — eu já me conformara a considerar tão utópico quanto o fim da obscena desigualdade social brasileira. Afinal, o país da incompetência atávica era também o do semianalfabetismo, não era?

Para provar essa tese, uma atriz de TV ridiculamente famosa e doentiamente magra pontificava sobre dietas e malhação para uma audiência cinco vezes maior que a minha no canto oposto do terraço. Erguendo a voz e o copo com os restos de uma caipirinha de tangerina, contra-ataquei:

— O roubo da Jules Rimet revela tanto sobre o Brasil quanto a conquista da Jules Rimet. Inferno e céu. Uma coisa precisa da outra, do contrário a imagem do país fica incompleta. Aqui a gente vive no inferno e no céu ao mesmo tempo. E como menos com mais dá menos, fica matematicamente provado que não temos salvação!

Vi Julia baixar as pálpebras de cílios ruivos e mergulhar os olhos em seu champanhe. Estaria encabulada por mim? Sorria.

3. NÃO VAI TER COPA!

Logo descobri que minha audiência não atribuía maior significado ao fato de a Jules Rimet ter desaparecido no Brasil, seu suposto guardião eterno, como se um acontecimento desse porte pudesse ser varrido para debaixo do tapete em vez de pesar para sempre sobre nossos destinos como uma maldição. A Copa do Mundo que se aproximava era o tema que ficavam tentando introduzir na conversa o tempo todo, e que debatiam entre si em papos paralelos: os estádios atrasados, os aeroportos afundados em obras que nem por milagre ficariam prontas a tempo, a falta de segurança para os turistas, as broncas desmoralizantes da Fifa, a possibilidade de haver manifestações violentas contra os onze bilhões de dólares de dinheiro público investidos numa competição esportiva — grande parte desviada por corruptos, obviamente — quando faltavam recursos para escolas, hospitais, transporte e redes de esgoto. Enfim, tudo aquilo que dominava os debates no país nos últimos meses. "Não vai ter Copa", a estranha palavra de ordem dos manifestantes, tão pretensiosa quanto natimorta, exigia que todo mundo tomasse uma posição. Inclusive eu.

— Mas você é contra a Copa? — perguntou o Cássio, um jornalista cultural veterano com quem eu tinha trabalhado anos antes.

— E adianta ser contra a esta altura? — respondeu por mim o roqueiro barbudo.

— Ser contra alguma coisa não é questão de adiantar ou não adiantar, é questão de princípio — disse uma jovem de piercing no nariz e dragão tatuado no braço que Domitila Salvador havia me apresentado como Bárbara Pia, poeta de sucesso, como se isso não fosse um oximoro. — Não vai ter Copa, e sabe por quê? Porque já não teve, porque está tudo errado, porque tudo o que a população podia ganhar com essa Copa nós já perdemos.

O roqueiro balançou a cabeça numa negativa enérgica.

— Eu até concordo, mas é besteira dizer que não vai ter Copa. O seu desejo não move o mundo.

— Aí é que você se engana: o meu desejo move o mundo! — bradou a poeta com olhar demente.

A coisa estava nesse pé quando admiti para mim mesmo a derrota e, pedindo licença à rodinha de debatedores no canto do terraço, caminhei com passos incertos até o balcão onde um garçom uniformizado preparava caipirinhas. Diante dele, sobre uma toalha de linho, havia cumbucas de cristal cheias de frutas picadas — limão, tangerina, caju, morango, maracujá —, ao lado de garrafas de vodca e cachaça. Jovem e elegante, o garçom era o primeiro negro que eu via na festa. Eh Brasil, pensei, sentindo um princípio de depressão. Que longo caminho pela frente. Pedi mais uma de tangerina, cachaça, pouco açúcar.

— Me fala mais da Jules Rimet.

A voz soou bem rente aos meus ouvidos. Acho que não estou romanceando demais a cena quando recordo que naquele momento a brisa fresca que vinha do Atlântico aos nossos pés soprou mais forte, fazendo balançar a franja vermelha. Ainda posso sentir a descarga elétrica que percorreu meu corpo no instante em que Julia se dirigiu a mim, e gosto de pensar naquele arrepio como um prenúncio de tudo o que, ao conhecê-la melhor, eu ia acreditar a princípio ser uma série de coincidências absurdas, dessas que julgamos só existir na ficção. Mas eu estaria errado.

4. ARCO E FLECHA

Era uma mulher de estatura acima de mediana, uma leve sugestão de sardas no nariz, lábios cheios, e estava tão próxima que nossos quadris quase se tocavam. Tinha um perfume suave e ao mesmo tempo inebriante, ou seja, caro. Sorria, o canino esquerdo levemente acavalado, mas sem nenhum travo irônico que eu pudesse detectar. Julguei cândida, quase infantil, a expressão de seus olhos claros emoldurados pela franja de cobre escovado e pelos fios que desciam retos por trás das orelhas, indo morrer na altura dos ombros.

Reparei que a taça vazia em suas mãos tinha na borda um pequeno arco de batom vinho e que o salto alto das sandálias prateadas dava a seu corpo sob o vestido negro de alcinha, barra meio palmo acima dos joelhos, um retesamento de arco: flecha pronta para zunir no espaço.

Não havia joia ou bijuteria à vista, algo que mais tarde eu acharia curioso, embora naquele momento não quisesse dizer nada. Um band-aid envelopava a ponta de seu mindinho esquerdo.

— Ah, não me peça uma coisa dessas — eu disse. — Se começar de novo, não paro mais.

— E quem disse que eu quero que pare?

— Ninguém se interessa por isso. É uma comédia de erros tão ridícula, uma vergonha tão grande, que o Brasil finge que nunca aconteceu. Se ao menos fosse uma bela intriga internacional, um golpe bem tramado por gênios do crime capazes de arrombar um cofre digno do Forte Knox, teríamos algum consolo. Renderia um filme pelo menos.

— Com George Clooney no papel de Bigode — ela riu.

— Algo assim. Mas a segurança era cômica, para não dizer suspeita, e o crime foi cometido por bandidinhos pés de chinelo... Espera um pouco, você conhece a história?

— Não é uma história pública?

— Pública ela é, mas ninguém se interessa.

— No meu caso, você não poderia estar mais enganado. Bigode e Barbudo foram os ladrões que levaram a taça, confere? Sob as ordens de um certo Peralta. Dezenove de dezembro de 1983 — disse a mulher com um sorriso de criança orgulhosa da própria astúcia. Então me olhou mais fundo e completou: — Oito dias depois, eu nasci.

Arregalei os olhos, fazendo contas. Os dela tinham no fundo da íris umas fulgurações de ouro derretido. Trinta e um, mas aparentava menos.

— Exatamente — eu disse. — Uma escória que só estava interessada no peso em ouro de uma relíquia que valeria muito mais se fosse vendida para um colecionador. Isso é um golpe excessivo para nossa autoestima fracote, concorda? O roubo da Jules Rimet? Que roubo da Jules Rimet? Não, nunca aconteceu. Melhor fingir que a réplica que a Kodak mandou fazer para doar ao Brasil é verdadeira, e não se fala mais nisso. Fico surpreso que você...

O garçom me estendeu a caipirinha ao mesmo tempo que a mulher me estendia a mão.

— Eu sou Julia.

— Prazer, eu...

— Sei quem você é. Adorei seu livro.

— Qual deles? — perguntei, pedante, e me arrependi na hora.

Julia tomou meu braço.

— Você sabe qual. O único que importa. Quer dizer, o único que importa até hoje. Antes do que você está escrevendo agora.

Deixei-me levar em direção ao interior do apartamento por entre os convivas que se acotovelavam no terraço.

— A história da Jules Rimet tem tudo para fazer mais sucesso ainda — disse minha sequestradora, abrindo caminho no bolo de artistas, modelos, políticos, empresários, bandidos e bicões. — Isto é, agora que a gente se encontrou.

5. A AURA DA OBRA DE ARTE

Até encontrar Julia, eu julgava saber tudo sobre o roubo da taça Jules Rimet. O que eu sabia era a história pública e vexaminosa, com toques de farsa, que constava dos arquivos policiais. Sim, era uma história bizarra, com zonas de sombra, mas constatar tal fato nunca me estimulou a veia de ficcionista. Eu não tinha dúvida de que a taça fora derretida, ponto. Conhecia as teorias conspiratórias descabeladas que faziam a alegria dos repórteres sensacionalistas, em que os ladrões apareciam como meros joguetes de um milionário estrangeiro excêntrico que, lá de sua mansão, estaria até hoje rindo e tomando cappuccino na xícara de ouro mais cara do mundo. Excelente história, e de certa forma reconfortante, mas eu não era tão tolo. O Santo Graal do futebol não existia mais. Era preciso encarar os fatos.

Aos fatos eu fazia um acréscimo que esperava original o bastante para justificar um livro sobre o tema. Pregava-lhes no traseiro uma moral cruel: por mais que nos esforçássemos na direção da glória merecida, nós, brasileiros, seríamos sempre puxados de volta para o buraco por nossas próprias deficiências. De um lado ficava a genialidade heráldica de Pelé, líder da campanha que dera ao país a posse definitiva do troféu esportivo mais precioso da história. Do outro, em contraponto perfeito, a estupidez de Peralta, chefe do bando de ladrõezinhos que subtraiu da sede da Confederação Brasileira de Futebol, para derretê-la, uma relíquia que valeria dez vezes mais inteira. Quem sabe cem vezes mais. Ou infinitas.

Como quantificar uma riqueza desse tipo? A pobreza, sim, esta pode ser traduzida em números sem que nada se perca.

A Jules Rimet foi confeccionada em 1929 pelo artesão francês Abel Lafleur, com o nome de Coupe du Monde, por encomenda do então presidente da Fifa, Monsieur Rimet — que em 1946 passaria a lhe emprestar seu nome. Tinha um quilo e oitocentos gramas de ouro e uma base de mármore verde-escuro, octogonal, com placas metálicas onde se gravava o nome dos países vencedores. (Em 1958, desgastada, a base seria trocada por uma de lápis-lazúli.) A forma de oito lados da base espelhava a da taça propriamente dita, a concavidade cingida pelas mãos e pelas asas da imagem art déco de Nice, a deusa grega que os romanos rebatizaram Victoria, e que numa transliteração rigorosa seria Niké — como a marca de material esportivo, mas esta não tem nada a ver com isso e só seria fundada no início dos anos 1970, quando a Jules Rimet já pertencia ao país que conseguira levantá-la três vezes.

E isso, acreditava o Brasil — e o mundo —, era para sempre.

O custo original do troféu foi de cinquenta mil francos, o que hoje mal dá para comprar um Twingo de segunda mão, mas na época era uma pequena fortuna. Na escala Peralta de valores, a Jules Rimet arrecadaria atualmente no mercado de ouro um pouco mais de cinquenta mil euros. Só que tal operação equivaleria, na escala universal da infâmia, a vender a Bíblia de Gutenberg a um comerciante de material reciclável pelo peso em papel ou o *Pensador* de Rodin a um ferro-velho pelo peso em bronze.

Foi o que fizeram meus compatriotas em dezembro de 1983. Eu tinha treze anos e me lembro de ficar triste com a notícia, mas ainda estava longe de me dar conta da dimensão de pesadelo inaugurada por aquele gol contra brasileiro — o buraco negro cravado como um tiro em nosso

orgulho. A aura da obra única e irreproduzível, como a descrevera Walter Benjamin, estava perdida para sempre.
Ou assim eu pensava até encontrar Julia.

6. A PRIMEIRA RUIVA

Naquele início de adolescência, o tema da perda irremediável, com suas notas melancólicas a vibrar eternidade afora, ainda não tinha para mim um significado profundo. O da dificuldade da conquista, sim.

Quando a Jules Rimet foi subtraída uma noite do nono andar da sede da CBF, no Rio de Janeiro — onde, absurdamente, era guardada por um único segurança velhusco e estava exposta numa vitrine que qualquer chave de fenda ou canivete arrombaria em segundos —, eu passava pela fase em que os banhos se alongavam em meia hora, uma hora, uma hora e meia. Exercitava a imaginação projetando na tela de azulejos embaçados de vapor a figura sardenta de uma certa Ana Sofia, com seus cabelos vermelhos lisos batendo no meio das costas.

Minha primeira paixão já veio desprovida de esperança. Além de ruiva, Ana Sofia era rica e tinha aulas de hipismo — tudo muito intimidador. Acredito que nunca tenha suspeitado dos meus sentimentos, que pela primeira vez resolvi confiar ao papel, sem no entanto mostrar a ela ou a mais ninguém.

O tema da dificuldade da conquista — ou de sua impossibilidade paralisante — ecoava a maior dor que eu já tinha sentido àquela altura da vida. Pouco mais de um ano antes do roubo da Jules Rimet, o futebol maravilhoso da seleção brasileira de Zico, Falcão e Sócrates fora impiedosamente despachado da Copa da Espanha por um italiano magrelo chamado Paolo Rossi. Se nem àquela equipe de sonho era dado o direito de ser campeã, eu pensava, que permissão teria eu, ruim de bola, para sonhar com um prêmio tão fulgurante quanto Ana Sofia? A simples ambição era motivo de vergonha, algo a ser escondido a todo custo, revelado apenas a mim mesmo em versos cifrados no caderno escolar ou em arroubos carnais cheios de culpa por trás da porta trancada do banheiro — e mesmo assim eu evitava encarar o espelho nessas horas, para não ser obrigado a rir da minha própria cara.

Lembro-me de sentir na época a nostalgia profunda de um tempo não vivido. Um tempo em que, recém-nascido, eu dormia no berço em perfeita indiferença às façanhas de Pelé, Tostão, Rivelino e Jairzinho na campanha que fez Eric Hobsbawm, finalmente rendido, declarar o futebol uma forma de arte.

Comecei a achar que não podia ser mero acaso o tricampeonato mundial do Brasil ter coincidido, em termos de tempo histórico, com o auge do movimento hippie e do amor livre. E que eu teria excelentes chances com minha amada de cabelos de fogo se o amor livre fosse ainda um valor em 1983. No cineminha azulejado, eu trançava uma tiara de margaridas na cabeça de Ana Sofia e ganhava um beijo lúbrico, eu e ela nus, como de resto todo mundo, ao redor de uma fogueira em que havia cantoria, palmas, violão.

Nascido no momento errado, a realidade me parecia muito diferente e dura: era evidente que depois de 1970 tudo tinha sido retrocesso para a seleção brasileira e para o mundo. Por que não para mim?

Hoje percebo que nasceu naquela época meu vício insensato de fundir a dimensão da paixão futebolística e a dimensão da vida, uma espelhando a outra. A operação literária que, muitos anos mais tarde, estaria no coração do meu primeiro romance a fazer sucesso, sem o qual eu não teria conhecido Julia, a terceira ruiva a cruzar meu caminho.

Mas ainda falta falar da segunda.

7. NAYARA, PLATINI, BORGES

A segunda ruiva a cruzar meu caminho foi a mulher que introduziu em minha vida, com grande estardalhaço, o tema da perda irreparável.

Nayara não tinha os cabelos escorridos de Ana Sofia: seus cachos indomáveis se expandiam em todas as direções. Mas também era ruiva de verdade, da cabeça aos pés, algo a que se deve estar atento ao eleger uma obsessão amorosa desse tipo, pois nada seria mais humilhante para o fetichista babão do que tomar um drible da indústria de tinturas.

O tema da conquista impossível inaugurado pela Copa de 1982 e ecoado por Ana Sofia — e que ainda ganharia o reforço da derrota de 1986 diante da seleção francesa de Michel Platini, numa partida em que Zico, meu ídolo-mor, erraria um pênalti — já tinha perdido força em minha vida quando, no início do século, não apenas conquistei Nayara, mas me casei com ela. Nice? Niké? Vitória?

O começo foi auspicioso. Estávamos em lua de mel em Buenos Aires quando o time de Ronaldo, Rivaldo e Ronaldinho levantou na Coreia e no Japão o quinto título mundial para o Brasil. Foi uma experiência inesquecível cruzar na rua com as fisionomias compridas de nossos *hermanos*, meros bicampeões, vendo seus grandes rivais se isolarem tanto assim na dianteira. É claro que, como estava em território hostil e não sou maluco, evitei rir abertamente da cara deles. Mas lembro-me de me contorcer em gargalhadas na segurança do quarto de hotel e comentar com Nayara, de modo um tanto nonsense:

— Os caras têm o Borges, mas de que adianta? O Borges não pode fazer nada nessa hora, pode? O Borges não sabe cobrar nem lateral, que dirá um escanteio. Penta, *maricones*! Penta!

Não vem ao caso recordar em detalhes nossos dez anos de vida a dois. Tivemos momentos bons e ruins, como qualquer casal. Estudante eterna de letras, Nayara queria adiar nosso primeiro filho para depois do mestrado e em seguida para depois do doutorado. Eu tinha alguma pressa, mas tirei proveito da trégua infértil proposta por minha mulher para arquitetar minha própria metamorfose de lagarta em borboleta — isto é, de repórter de jornal em escritor.

Tudo saiu mais ou menos conforme nossos planos. O problema é que meu primeiro romance, *O terceiro olho*, história policial estrelada por um detetive cego com poderes paranormais (sim, inspirado em Borges), não foi lido por ninguém. O segundo, *Inferno cinza*, distopia ambientada numa Amazônia que desmatamentos e queimadas transformaram numa vasta extensão de terras áridas, não teve melhor sorte. Foi impossível não sentir os ecos daquele duplo fracasso quando a eles se seguiu o da seleção de 2006 na Alemanha, com suas estrelas gordas e autocomplacentes, seu Roberto Carlos se abaixando para ajeitar o meião e deixando Henry desmarcado para nos mandar de volta para casa nas quartas de final — mais uma vez a França, nosso algoz de 1986 e 1998! A coisa começava a virar um problema psicanalítico.

Talvez eu devesse ter interpretado aquilo como mau agouro. A essa altura Nayara estava no meio do doutorado, mas, mesmo tomando pílula, engravidou de Tiago.

Para abreviar uma história comprida, nosso único filho tinha cinco anos e eu acumulava outros dois fracassos editoriais — uma fantasia medievo-atemporal e um faroeste de cangaceiros nordestinos — quando Nayara ganhou uma bolsa de pós-doutorado em Paris e foi embora, levando Tiago com ela.

8. OBAMA NA LINHA DE TIRO

Pensei em ir atrás de minha ex-mulher. Pensei em processá-la para ficar com a guarda de meu filho. Pensei em me entregar a uma vida de drogas e dissipação, a fim de apressar a morte. Não fiz nada disso. Apenas tratei de terminar meu novo romance, o quinto, que vinha escrevendo com afinco talvez excessivo, negligenciando família e trabalhos remunerados. Ou seja, tratei de terminar o livro que tinha sido o principal motivo de minha separação. Chamava-se *1970 razões para morrer* — e esse todo mundo ia ler.

O sucesso do meu drama familiar contado em duas frentes — a da campanha vitoriosa da melhor seleção de futebol da história e a da crônica da fase mais sangrenta da ditadura militar inaugurada no Brasil em 1964 — provou o que eu talvez já soubesse: que o êxito profissional vira piada de mau gosto diante do fracasso pessoal. Será que Nayara ia se arrepender, agora que *1970 razões para morrer* me transformara num autor festejado? Será que voltaria de joelhos, pedindo perdão? Claro que não, idiota. Uma vez fundido o troféu, já não existe a possibilidade de restaurá-lo.

Foi o sentimento agudo da perda, mais do que qualquer cálculo mercadológico, que me fez aceitar na hora a proposta do meu editor.

Permanecer no filão dos temas futebolísticos.

Não se mexe em time que está ganhando.

Que tal um romance policial sobre o roubo da Jules Rimet?

Aquilo não demorou a virar obsessão. Logo eu sabia tudo o que acreditava ser possível saber sobre o crime, e que em resumo é o seguinte:

Um sujeito chamado Sérgio Pereira Ayres, mais conhecido como Peralta, o típico malandro otário carioca, frequentava a sede da Confederação Brasileira de Futebol como representante do Clube Atlético Mineiro e um dia se deu conta de que a Jules Rimet estava exposta no nono andar, na sala da presidência, com segurança pífia.

O troféu, ao lado de outros três que não lhe chegavam aos pés, ficava atrás de um vidro grosso à prova de bala. Ocorre que o cuidado daquela blindagem equivalia, de forma cômica, a instalar grades de aço num presídio e trancá-las com uma fechadura de alumínio dessas que se usam em malas: em vez de chumbado na parede, o vidro inexpugnável se alojava numa cândida moldura de madeira fixada com preguinhos.

Peralta se assanhou com a facilidade de acesso ao tesouro. Sabia, pois era voz corrente nos corredores da entidade, que a taça atrás do vidro era a Jules Rimet verdadeira. O próprio objeto imantado por tantas histórias em tantos campos do mundo. A estatueta de ouro que tinha sido beijada lubricamente no México pelo capitão Carlos Alberto, no dia da posse definitiva.

Existia uma réplica, feita por razões óbvias de segurança, mas esta dormia no cofre. Isso mesmo: a falsa relíquia, destinada a despistar malfeitores como os sósias de chefes de Estado enganam em cerimônias públicas os terroristas escondidos em andares altos com suas miras telescópicas, aquela boneca pintada e sem valor merecia o tratamento que deveria ser do Graal. E vice-versa.

Numa lógica de pesadelo, Barack Obama enfrentava as balas de peito aberto enquanto seu *look-alike* era protegido por uma parede de guarda-costas.

— O que você quer dizer com incompetência atávica? — perguntou o roqueiro barbudo.

Não, talvez não fosse incompetência. Mas então seria o quê?

9. PRIMEIRA DIVISÃO, AÍ VÃO ELES!

A Confederação Brasileira de Futebol era em 1983 — como em alguma medida, extemporaneamente, é até hoje — uma espécie de braço não oficial da ditadura militar que então agonizava. Se a Doutrina de Segurança Nacional era tão cara àquela gente, como explicar uma pixotada tão grotesca de... segurança nacional? Isto é, como explicá-la sem jogar na mesa a carta da má-fé?

Isso só poderia ser esclarecido por uma investigação rigorosa sobre o roubo da taça, que, como de hábito, não houve. A polícia brasileira nunca investiga nada. Em geral, quando consegue prender um criminoso, é porque alguém o delatou — frequentemente sob tortura. No caso Jules Rimet não seria diferente, mas vamos com calma. O troféu ainda não foi roubado.

Estamos em princípios de dezembro de 1983. Quando

Peralta procura Antonio Setta, o Broa, reputado como um dos melhores arrombadores de cofre do país, e lhe propõe parceria num golpe tão fácil quanto lucrativo, ocorre algo surpreendente e de certa forma redentor — a única nota positiva naquele vaudeville tristonho. Broa fica indignado. Como assim, roubar a Jules Rimet? Como assim, derreter o troféu cuja perda inesperada em pleno Maracanã, em 1950, mergulhou o Brasil numa depressão que nunca conseguiremos curar por completo? Como assim, eliminar da face da Terra a taça em que Didi bebeu champanhe na Suécia em 1958, negando, paternal, o mesmo privilégio a Pelé porque ele tinha apenas dezessete anos e isso feria a lei? Como assim, roubar a Jules Rimet? Será que Peralta havia enlouquecido?

Consta do inquérito que o sentimentalismo patriótico de Broa tinha raízes em sua história familiar: segundo ele mesmo contou, havia perdido um irmão na campanha de 1970, vítima de um infarto fulminante provocado pela emoção do tri. Verdadeiro ou não esse detalhe melodramático, se a história cheia de sordidez do roubo da Jules Rimet tem um herói — um herói imperfeito, vilanesco, mas o que se pode fazer —, ele se chama Broa. O arrombador de cofres capaz de compreender que certas coisas não se compram, não se vendem, não se roubam.

O ex-policial Francisco José Vieira, o Chico Barbudo, não compartilhava dessa perspectiva iluminista. Procurado por Peralta após a recusa de Broa, topou na hora e arregimentou um amigo chamado José Luiz Vieira da Silva, o Luiz Bigode. Como Barbudo, Bigode era receptador de pequenos objetos roubados. Golpistas de voo curto, bandidinhos miúdos do submundo do centro da cidade até nos apelidos pouco criativos de *pulp fiction* à moda carioca, os dois encarregados da ação compunham com Peralta, o "cérebro", que não queria sujar as mãos, uma equipe bisonha com chances escassas de sucesso. O golpe que tramavam, o maior de suas vidas, ganharia, se desse certo, manchetes no mundo inteiro. Estavam claramente fora de sua liga, jogadores de várzea sonhando com o título da primeira divisão.

No fim do expediente de 19 de dezembro de 1983, depois que os visitantes e funcionários saíram, a sede da CBF foi fechada por seu único vigia, como ocorria diariamente. João Baptista Maia — um cinquentão de modos vagarosos a quem faltavam diversos dentes, embora isso não venha ao caso — não percebeu que, naquele dia, nem todos tinham saído. Dois dos visitantes haviam se escondido no banheiro.

O vigia estava trancado lá dentro com Barbudo e Bigode.

10. ADEUS, JULES RIMET

Difícil dizer o que terá sido mais fácil para os ladrões: dominar o vigia solitário ou violar a mimosa vitrine de moldura de madeira na sala da presidência. Peralta tinha razão quando dizia que aquele golpe seria moleza.

Aí foi o que se sabe. Escândalo. Estupor. Manchetes desoladas mundo afora. Pelé fazendo pela televisão um apelo aos ladrões para que a Jules Rimet fosse devolvida. A Polícia Federal assumindo as investigações. Boatos, denúncias furadas e pistas falsas se cruzando no céu do Rio de Janeiro, enquanto o calor do verão se aproximava dos quarenta graus e uma certeza ganhava corpo: aquele ano, o

Natal dos brasileiros seria marcado pelo avesso de um presente.

Foram semanas de atividade policial intensa mas infrutífera, enquanto a opinião pública torcia — cada vez com menos esperança — por um desfecho comicamente feliz como o do roubo anterior sofrido pela taça. Em 1966, em Londres, um vira-lata malhado chamado Pickles tornara-se herói ao farejar um arbusto e encontrar o tesouro embrulhado em jornal. Nenhum cachorro brasileiro teve essa sorte, mesmo porque em pouco tempo já não havia taça para farejar.

A Jules Rimet foi transformada em barras dois dias após o roubo, na oficina de um comerciante de ouro chamado Juan Carlos Hernandez. Procurado pelo trio original, que não dispunha do equipamento adequado para produzir os mil graus centígrados necessários, Hernandez acrescentou à trama um magnífico detalhe, do tipo que soaria quase inverossímil numa narrativa de ficção: era argentino.

Nossos maiores rivais no futebol, que se tornariam bicampeões dali a dois anos e meio, nunca tinham erguido a Jules Rimet e nunca mais a ergueriam, pois desde 1974 o troféu disputado era outro — o globo modernista que, pelas novas regras, ninguém jamais levará para casa em definitivo.

É improvável que o homem, enquanto a bela estatueta de Lafleur derretia, não tenha se deleitado com o prazer de eliminar em minutos o que os inimigos tinham levado anos para conquistar. Borges não batia escanteio, mas como aquele Hernandez sabia manejar uma tocha de acetileno!

Essa é, em resumo, a história montada pela polícia com os depoimentos dos quatro membros da quadrilha, presos cerca de um mês depois do roubo — não devido à argúcia dos investigadores, mas porque o patriota Broa tinha contado a tanta gente quem era o chefe dos ladrões que até a Polícia Federal acabou sabendo.

O que vem em seguida é frustrante, mas não surpreende quem tem familiaridade com o miasma policial-judiciário brasileiro. Parte do ouro foi recuperada, mas desapareceu sob a guarda da polícia. Só em 1988 saiu a sentença que condenava Peralta, Barbudo e Bigode a nove anos de prisão; Hernandez pegou uma pena de três. No ano seguinte, Barbudo aguardava em liberdade o julgamento de seu recurso quando foi assassinado. Peralta só foi preso em 1994, mas o soltaram três anos depois. Bigode ficou foragido até 1995, e em 1998 estava livre. Hernandez cumpriu outras penas, mas não essa. Em 1989, disse numa entrevista que a taça nunca fora derretida, que tudo tinha sido uma armação. Sua baixa credibilidade contribuiu para que a frase caísse no vazio.

Não é à toa que muita gente, inconformada, adoraria reescrever uma história tão ridícula. Agora eu estava prestes a ter essa chance.

11. UMA FANTASIA FUTURISTA

Julia me conduziu com segurança pelo braço até um dos poucos recantos tranquilos do imenso apartamento de Domitila Salvador, como se fosse de casa ou tivesse na cabeça um mapa do local. Passando ao largo de uma porta semiaberta por onde escapava um turbilhão de vozes, risos e vapores de maconha, entramos numa biblioteca mergulhada na penumbra.

O aposento estava vazio ou quase: no sofá a um canto,

um casal de rapazes de mãos dadas olhava para o teto em silêncio, a cabeça de um, que era muito cabeludo, no ombro do outro, inteiramente careca. Fomos para o canto oposto, onde Julia me fez sentar numa imponente bergère de couro marrom, empoleirando-se ela mesma no braço gordo do móvel, as duas pernas para um lado só como as amazonas de antigamente. Esse arranjo expôs um palmo de coxas brancas e deixou meus olhos na altura de seus seios: eu tinha que inclinar ligeiramente a cabeça para trás a fim de encará-la.

A posição superior ocupada por Julia naquela poltrona era apropriada. A mulher já detinha em suas mãos as rédeas do rumo inteiramente inesperado que meu projeto Jules Rimet ia tomar. Falando em voz baixa, rosto junto do meu, disse:

— Essa taça faz parte da minha vida de um jeito que você provavelmente não conseguiria entender, mesmo que eu conseguisse explicar. Acho que não consigo. Sinto, sempre senti, que isso tudo é maior do que eu. Mas quando vejo você ir entrando assim num assunto tão íntimo para mim, com esse ar de dono do tema que os escritores sabem afetar, o mínimo que posso fazer é tentar, não é? Assim você vai saber onde está pisando e pode ser que deixe de esbarrar nos móveis, de quebrar um vaso ou um bibelô de louça fina. Você está entrando na minha vida, meu amigo. Se quiser continuar, é por sua conta e risco.

Naquele momento tive a certeza de haver sido capturado por uma louca varrida. Dividido entre impulsos contraditórios, o de sair correndo dali e o de beijá-la com violência, não fiz nem uma coisa nem outra. Virei um gole largo de caipirinha e, determinado a adiar o momento em que a terceira ruiva da minha vida ia se revelar irremediavelmente avariada do juízo, desconversei:

— Sabe uma coisa que não contei para o pessoal do terraço, mesmo porque eles não mereciam? Não contei o filé-mignon do meu livro. O filé-mignon de *Jules Rimet, meu amor* é uma fantasia futurista. Imagine que estamos em 2028 e que esse ano, se não é perfeito para o Brasil, é bem menos árido para nossos políticos e administradores no campo da inteligência. Nesse ano o Ministério do Esporte concebe um plano tão esperto quanto ambicioso. Começa por encomendar uma réplica perfeita da Jules Rimet, com o mesmo peso em ouro, tudo igualzinho, ao melhor artesão francês do momento. O ideal seria que esse artesão tivesse o mesmo sangue daquele Lafleur original, mas infelizmente isso é impossível: os descendentes do homem seguiram outros rumos profissionais na vida. De qualquer maneira, um ourives francês muito fera faz uma cópia perfeita da velha Coupe du Monde. É um trabalho incrível, o cara pesquisa meses para encontrar o tom exato de verde do mármore da base, até os veios da pedra são iguais, e usa as mesmas técnicas de fundição empregadas na época. Uma perfeição. Emocionante mesmo. Mas o mais importante vem agora.

12. THE GREAT JR WORLD TOUR

Fiz uma pausa para adicionar à história o tempero do suspense e avaliar o efeito de minhas palavras sobre Julia. Julguei ter sua atenção completa: não só a da cabeça, a do corpo também. Louca ou não, era uma ideia excitante. Prolonguei o silêncio até ela se impacientar.

— E o mais importante é...?

— O mais importante — prossegui, lançando um olhar rápido para os dois rapazes no sofá do outro lado da sala, que continuavam de mãos dadas e, de olhos fechados, pareciam não ouvir o que eu dizia — é a Grande Turnê Mundial da Jules Rimet. Que vem a ser o seguinte: a taça ressuscitada faz um giro por todos os países que a conquistaram, um por um. Fica um mês em cada lugar, aberta à visitação pública, e em todos eles sua presença culmina numa cerimônia cheia de pompa: depois de um jogo amistoso que reproduz a final de cada uma das respectivas Copas, ela é erguida por um herdeiro do capitão que a levantou na época. Esse herdeiro em seguida a passa às mãos do capitão atual da seleção daquele país, num gesto que simboliza, justamente, a ponte entre o passado e o presente que todo esse ritual busca construir. Uruguai, duas vezes Itália, Uruguai de novo, Alemanha, Brasil em dobro, Inglaterra. E finalmente, mais uma vez no Brasil, a apoteose! A imprensa internacional adora o que um marqueteiro sabido batizou de The Great Jules Rimet World Tour. Os patrocinadores, mais ainda. O empreendimento todo acaba rendendo muito mais dinheiro para o Brasil do que custou, mas esse lucro não é o mais importante, e adivinha por quê. No fim das contas, sabe o que o nosso país tem?

Tratando-se de uma pergunta retórica, Julia entendeu que não precisava responder nada, mas sorriu como se concordasse antecipadamente com o que eu ia dizer. Aquilo me deu um prazer difícil de pôr em palavras.

— No fim de todo esse carnaval, o Brasil tem nas mãos aquilo que ninguém imaginava mais ser possível: uma taça imantada, um troféu com aura. Não a aura original, lógico, porque essa é como a virgindade: uma vez perdida, perdida para sempre. Mas o mais perto da aura original que se pode chegar.

Nesse momento, fiz a voz subir um ponto na escala dramática:

— Uma taça com história. Uma taça que correu mundo. Uma taça que fez grandes atletas suarem. Uma taça que foi acompanhada de perto pela imprensa internacional. Uma taça que foi reverenciada em muitos idiomas em jornadas épicas!

Houve três ou quatro segundos de silêncio.

— É isso — acrescentei, ao modo de um ponto-final.

Fiquei esperando que Julia, agora sim, dissesse alguma coisa. Ela se limitava a me olhar com aquele sorriso, e comecei a suspeitar que ele não traduzisse a concordância que eu tinha imaginado, mas algum sentimento mais dúbio. Constrangido, acrescentei:

— Meu plano é que essa fantasia sirva de inspiração para algum governante futuro. Não tenho a menor dúvida de que a ideia é ótima num romance, mas ficaria muito melhor na prática.

— Eu gostei — disse o careca no sofá.

Levei um susto com a intervenção, o que fez Julia desandar a rir. Aquela hilaridade me ofendeu e ela percebeu isso. Ergueu a mão que tinha um band-aid no mindinho e acariciou meus cabelos.

— Seu plano é fofo — disse —, mas talvez seja desnecessário. Posso contar a minha história?

13. DONA LINGUADO

— Devo meu nome a um velho cavalheiro nascido no século XIX num povoado perdido nos confins da França — disse a mulher em meu ouvido, quase num sussurro, acredito que para impedir que os namorados no sofá ouvissem sua história. — Um homem apaixonado por futebol. Gosto dele de graça. Pelas fotos, sei que tinha um bigodinho grisalho bem aparado, cabelo todo branco e uma cara simpática, mas reservada, de tio que mora longe e traz presente caro no Natal. Quando ele morreu já velhinho, em 1956, meu pai tinha apenas sete anos, mas é por causa de Jules Rimet que eu me chamo Julia.

Louca, sim, provavelmente. Ou, numa hipótese mais favorável pela qual eu torcia, filha de um louco. Mas aquele toque de sua mão em meus cabelos, embora breve, tivera o poder de me deixar num estado de ânimo em que tais questões de saúde mental perdiam importância. Se o corpo daquela mulher de cabelos avermelhados era um arco, eu queria ser a flecha.

— Mas temos que voltar mais um pouco no tempo. Tudo começa em Budapeste na década de 30 com um homem chamado Janos. Um homem de olhos amarelos, alto e forte. Meu avô.

Nesse momento a porta da biblioteca foi aberta com violência e no vão, contra a luz que vinha do corredor, recortou-se a silhueta obesa da dona da casa.

— Você está aí, Gaborzinha? — disse Domitila Salvador com sua voz de arara.

Como se saísse de um transe, Julia mudou de expressão num instante — de gravemente lânguida para alegrinha.

— Estou aqui, Dodô.

— Oi, meninos — a anfitriã saudou de passagem os rapazes no sofá, que não esboçaram reação, e acendeu a luz. — Ah, danadinha! Já monopolizou nosso escritor famoso!

Sem graça, comecei a gaguejar qualquer coisa.

— Descobrimos um interesse mútuo — disse Julia.

— Claro, mútuo! — Domitila abriu um sorriso obsceno e piscou o olho esquerdo, que uma plástica ruim tinha deixado mais baixo que o outro, num desastre estético que a levava a ser chamada pelas costas de Linguado. — Lamento, querido, mas tenho que levar a Gaborzinha. Sabe o conde húngaro, amor? Acaba de chegar.

Antes que eu tivesse a chance de protestar, Julia já havia apeado do braço da poltrona e se inclinava para me dar um beijo no rosto.

— Outra hora a gente continua — disse, e um segundo depois tinha saído da biblioteca de braço dado com Domitila.

Uau, pensei. A princípio não senti nada além de uma bolha de vácuo na barriga, como se um elevador que subia velozmente dezenas de andares tivesse parado de súbito. Depois veio a sensação de queda, de desamparo, não muito diferente da que havia me perseguido por meses após a partida de Nayara e Tiago. Por último, a irritação. Dediquei alguns instantes a calcular quantos socos seriam suficientes para endireitar as fuças da dona Linguado — melhor ainda, para entortar tudo de vez.

— Dura a vida, né? — disse o rapaz que tinha se manifestado antes. O outro, o cabeludo, cabeça largada com abandono em seu ombro, parecia dormir.

— Hmpf.

— Você estava indo bem.

— Não pedi a sua opinião.

— Nossa, que macho! Que *meda*!

— Foi mal — murmurei, arrependido da grosseria, me levantando para sair. — Boa festa.

— Olha o lado bom — a voz do sujeito me alcançou no corredor. — Quase pegar a Julia Gabor vale mais do que pegar muita vadia por aí.

14. VI A MORTE COM SUA CARA BRANCA

Julia Gabor!

Como era possível que eu não tivesse percebido? Que grau de alheamento, ou quem sabe de simples debilidade mental, seria necessário para que alguém passasse tanto tempo conversando com Julia Gabor, desejando Julia Gabor — e ainda por cima sabendo que seu nome era Julia! —, sem se dar conta de que estava diante de tão notória personagem? Nem mesmo, o que era espantoso, quando dona Linguado a chamara de Gaborzinha?

Talvez eu a imaginasse mais alta? Mais linda? Mais fornida? Mais esnobe? Menos meiga? O mais provável é que não a imaginasse de forma alguma. Julia Gabor, a única herdeira da rede de joalherias J. Gabor, habitava um mundo de milionários fúteis pelo qual eu nutria um desinteresse sólido que descambava para a hostilidade: festas chiques, viagens de primeira classe pelo mundo, colunas sociais, namoros com gente famosa. Lembrava-me vagamente de haver esbarrado com matérias e notinhas sobre suas aventuras amorosas, uma editoria em que ela brilhava intensamente. Tinha sido comentadíssima, anos antes, a história de seu romance com um jovem geninho americano do Google que caiu em depressão quando, pouco tempo depois de presenteá-la com um diamante do tamanho de uma bola de gude, foi dispensado por e-mail. Mais recentemente, ganhara destaque sua relação escandalosa e talvez violenta com um playboy italiano meio maluco.

E aquele conde húngaro, quem seria? O namorado da vez? Ou só um forasteiro ilustre a quem Domitila, anfitriã perfeita, oferecia os favores sexuais de Julia por uma noite? Em meu ciúme rancoroso, eu estava pronto a considerar a terceira ruiva de minha vida nada mais que uma putinha de luxo.

Pensei em pesquisar histórias de Julia Gabor no iPhone. Cheguei a tirar o aparelho do bolso, mas tive medo do que poderia encontrar. Zonzo de bebida e atordoado com a revelação da identidade da mulher de band-aid no mindinho, quis abandonar a festa imediatamente para absorver na solidão espartana de minha casa o golpe daquela fusão do tema de Ana Sofia, o da impossibilidade da conquista, com o de Nayara, o da perda irreparável. Antes de ir, decidi visitar o terraço para me reabastecer de caipirinha.

Cambaleei por corredores na penumbra. Passei por casais que se agarravam entre risinhos e gemidos. Dei num amplo salão de luz estroboscópica em que uma multidão dançava o que identifiquei, pela vulgaridade da letra e pela indigência melódica, como o tal funk carioca que os intelectuais populistas achavam obrigatório elogiar. Fiz meia-volta e dobrei à esquerda, seguindo na direção de uma luz azulada lá na frente. Uma coroa desconhecida de minissaia incongruente, vinda na direção contrária, abriu os braços como se estivesse encantada de me ver.

— O Caetano está vindo! — berrou. — E vai trazer o violão!

A luz azulada revelou-se uma pista falsa: vinha de um quarto vazio onde uma enorme TV de plasma passava para ninguém um filme em preto e branco sem som. Reconheci *O sétimo selo*, de Bergman. Vi a Morte com sua cara branca e sua roupa preta.

Quis voltar ao salão do funk, mas devo ter feito alguma coisa errada porque acabei em outro ambiente, menor, de luz baixa, em que três ou quatro casais dançavam em câmera lenta uma música esquisita, hipnótica, talvez indiana. Foi quando compreendi que estava perdido.

15. DIREITA, ESQUERDA, ESQUERDA, DIREITA

A penumbra era acolhedora, a música estranha me acalmou os nervos, e havia uns pufes vazios num canto. Resolvi descansar um pouco. Deitado ali, pensei em Julia dizendo que minha fantasia futurista sobre a ressurreição da Jules Rimet era "desnecessária". Qual o significado daquela frase? Não consegui formular uma hipótese razoável, e na tentativa talvez tenha cochilado. Acordei com uma moreninha muito jovem deitada sobre mim, enfiando a língua em minha boca. Correspondi ao beijo, que era bom e tinha gosto de Red Bull, e quando nossos lábios finalmente se desgrudaram, senti algo sobre a língua. Um comprimido?

— O que é isso? — perguntei, antes de engolir.

— A felicidade — disse ela.

Devo ter dormido outra vez, e quando acordei a moreninha tinha sumido. Saí perambulando pelo apartamento, desci uma escada em caracol, dobrei esquinas, passei por uma cozinha atarefada — ah, ali se concentravam os negros! — e fui sair num quarto em que havia dois grupos sentados em cantos opostos, se encarando num clima de tensão.

— Vocês são de esquerda!

— Sim, e vocês são de direita!

Notei que as pessoas que ficavam à direita do cômodo se diziam de esquerda, e as que ficavam à esquerda se diziam de direita. Se atravessasse para o lado oposto, pensei, o contraplano resolveria o desequilíbrio, mas era impossível fazer isso sem entrar na linha de tiro das bolinhas de papel que uma facção jogava na outra, vociferando:

— Comunas!

— Reaças!

Dei meia-volta e segui por um corredor de serviço atravessado por varais com roupas penduradas. Cruzei com um grupo de pagodeiros que chegava pela porta dos fundos trazendo seus instrumentos, todos vestidos com ternos impecáveis de linho branco. Queriam saber onde era o terraço. Respondi que considerava a pergunta excelente, mas irrespondível, e fiquei contente de ver que o número de negros na festa estava crescendo: naquele ritmo, antes do amanhecer teríamos algo próximo de uma representação proporcional da população brasileira.

Num quarto cheio de aparelhos de musculação ou de tortura, que de todo modo pareciam caros, encontrei a coroa de minissaia incongruente anunciando a um grupo de japoneses com câmeras penduradas no pescoço que Caetano Veloso estava a caminho.

— E eu soube que vai trazer o violão!

Saí correndo, tropecei num bêbado agachado que vomitava numa samambaia e rolei escada abaixo. Devo ter desmaiado, e quando dei por mim alguém tentava desafivelar meu cinto. Julguei reconhecer o careca da biblioteca e disse a ele que preferia continuar vestido, ao que ele respondeu que nesse caso eu seria o único — e apontou a cama do tamanho de uma piscina olímpica onde dúzias de pessoas de todos os sexos se contorciam emboladas e nuas. Reparei que o quarto imenso tinha o assoalho negro como a noite, polvilhado de estrelas, enquanto o teto era de tábuas corridas e dele se penduravam bailarinos também pelados, dançando de cabeça para baixo feito morcegos. O desafio à gravidade me pareceu engenhoso e fiquei admirando aquilo por um tempo, mas logo minha cabeça começou a girar. Empurrei o careca e saí pelos corredores aos gritos:

— Julia, cadê você? Não me deixe aqui sozinho! Eu preciso saber o que aconteceu em Budapeste nos anos 30, mulher. Não durmo enquanto você não me contar. Juuliaaaaa!

16. POBRE CONDE

Depois disso só me lembro de cenas avulsas. Uma gritaria turva. Uma dor na mão.

Abri os olhos e vi o mar passando em velocidade lá embaixo, sob um céu azul-cobalto. Daqui a pouco vai amanhecer, pensei.

O vento frio que entrava pela janela do carro voltou a me despertar. Movia um turbilhão de cabelos vermelhos.

Meus pés afundaram na areia úmida da madrugada.

Quando abri os olhos novamente, o sal do mar me entrava pelas narinas e uma gaivota descrevia um longo arco no céu que começava a clarear. Eu estava deitado de costas numa praia deserta. Minhas têmporas latejavam.

— Oi — disse a mulher que aninhava minha cabeça em seu colo, recostada contra uma grande pedra lisa.

— Julia — murmurei, como se isso bastasse. E bastava.

— Valentão.

Os dedos dela em meus cabelos. O band-aid no mindinho esquerdo.

— Valentão?

— Ô. Coitado do conde.

Aquilo acabou de me despertar. Comecei a erguer o tronco, mas senti o corpo dolorido e voltei a desabar no colo quente da mulher. Com a consciência veio o orgulho: o colo de Julia Gabor.

— O que aconteceu?

O que conto a seguir é o que soube por ela. Por mais que busque na memória, tudo o que consigo resgatar do episódio escandaloso protagonizado pelo autor de *1970 razões para morrer* na festa de Domitila Salvador — o episódio que faria a alegria dos cronistas sociais cariocas no dia seguinte — é o que já relatei: gritaria turva, dor na mão. Parece que irrompi feito um possesso na sala onde Julia, Domitila e outros de seus convidados entretinham o conde Tamas Esterhazy e o esbofeteei, esbravejando: "Tire suas patas da minha amiga". Até aí, tudo bem. O problema é que Esterhazy era um homem franzino de oitenta e cinco anos, delicado e assustadiço feito um coelho, e usava óculos. Sua prótese de metal fino e lentes grossas se quebrou sob o impacto do sonoro tabefe, ferindo meus dedos. Foi um safanão só, porque o velho desmaiou na hora. Pensaram que tivesse morrido, e enquanto tal impressão não se desfez, um grupo mais afoito quis me linchar. Chegaram a me acertar alguns golpes, e com certeza teriam provocado danos significativos à minha integridade física se Julia não tivesse me tirado daquele apartamento às pressas, dizendo que me entregaria à polícia.

— Não — gemi, cobrindo os olhos com as mãos.

— Sim — ela respondeu, e começou a rir.

— Isso aqui não parece uma delegacia.

— Verdade. Grumari é bem diferente de uma delegacia.

Só então reconheci a praia enorme e agreste da Zona Oeste da cidade, encravada numa área de proteção ambiental. Estávamos no início da longa faixa de areia entre a Prainha e Guaratiba, com uma linha ondulante de morros verdes às nossas costas, no ponto em que grandes pedras redondas bloqueiam a vista de quem passa na estrada. Um pico frequentado por banhistas, mas não tão cedo.

— E por que você me trouxe para Grumari?

Julia ficou em silêncio pelo tempo de duas ondas.

— Meu avô me trazia aqui para pescar às vezes, bem cedinho. Eu era muito pequena. Ficávamos naquela pedra ali. Acho que nunca pegamos um peixe, mas ele contava histórias da Hungria.

— Seu avô era J. Gabor? O Rei das Joias?

— Janos, ele mesmo. O homem que me batizou em homenagem à Jules Rimet e me amaldiçoou para sempre.

17. DA CABEÇA AOS PÉS

— Como assim, seu avô te amaldiçoou? Julia é um nome lindo.

— Não é dos piores.

— Você podia ter um daqueles nomes húngaros esquisitos.

Ela riu.

— Bom, isso é. Você sabe como se chamava a mulher do Puskas?

— Você quer dizer o Puskas-Puskas? Ferenc Puskas, o craque da seleção de 54?

— Sim. Ferenc Puskas, o amigo de infância de Janos Gabor.

— Uau, sério? — murmurei, com admiração genuína.

O camisa 10 da seleção húngara de 1954 — o timaço

que, contra todas as expectativas, tinha perdido a final da Copa do Mundo para a Alemanha — era uma daquelas lendas futebolísticas que inspiravam uma reverência irracional, como se a simples menção de seu nome nos lançasse diante de forças cósmicas além de nossa compreensão.

— Erzsébet — disse Julia.

— O quê?

— A mulher do Puskas se chamava Erzsébet.

Fiz uma careta.

— Julia é mais bonito do que Erzsébet.

— Puxa, obrigada.

— Mas confesso que estou um pouco confuso com essa conversa. Deve ser a minha cabeça que ainda está dormente, desculpe, foi uma noite difícil: não estou acostumado a espancar matusaléns de sangue azul em festinhas. O que você acha de me contar a história desde o início?

Ela sorriu e correu os dedos pelos meus cabelos mais uma vez. A dor de cabeça sumiu no mesmo instante. Eu estava ficando viciado.

— Calma, valentão. A gente tem tempo. Você acha que consegue sentar?

— É claro que consigo.

Uma pontada nas costelas repuxou os músculos de minha cara quando ergui o tronco, mas fiz um esforço para não me queixar na frente dela. Valentão. Descobri que o qualificativo não me desagradava.

Assim que me sentei ao seu lado, de frente para a barra vermelho-alaranjada do horizonte, Julia se pôs de pé com agilidade e começou a tirar o vestido de alcinha pela cabeça.

Há cenas que justificam uma vida, e eu entendi de imediato, com um calafrio, que aquela justificava a minha:

Julia Gabor largando na areia o vestido e a calcinha, ambos pretos, sutiã já não usava, e disparando na direção do mar infinito de Grumari no instante exato em que um fiapo de crista do sol despontava no horizonte.

A primeira coisa que pensei foi: ruiva da cabeça aos pés, naturalmente, você tinha alguma dúvida? A segunda: agora já posso morrer. Fiquei um tanto assustado ao perceber que aquela frase-clichê traduzia uma convicção profunda.

A água devia estar gelada, mas Julia não hesitou um segundo, nem sequer reduziu a velocidade da corrida que a lançou mar adentro, levantando espuma, até vir a primeira onda e seu corpo branco se projetar feito flecha para furá-la.

Desapareceu por um longo tempo. Eu estava a ponto de me alarmar quando ela finalmente emergiu, boca desenhando um O maiúsculo, fios de cobre pingando em desalinho sobre o rosto, e fez um gesto largo com os dois braços na minha direção.

— Vem! — gritou.

Fui. Enquanto ia, tinha consciência de não saber muito bem para onde estava indo. Mas sabia que nunca mais ia voltar.

18. O JOVEM GOLEIRO DO KISPEST

Desde então não visitei mais meu apartamento em Copacabana, nem para me trocar. Quando é absolutamente indispensável me vestir, o que tem sido raro, recorro às roupas que Julia garante terem pertencido a seu falecido pai, embora eu suspeite que sejam sobras deixadas para trás por um ou mais de seus amantes. Não ligo. Vivo luxuosamente como hóspede no castelinho de três andares, dez quartos e cinco salões em Santa Teresa, o adorável bairro histórico encarapitado nos morros ao lado do centro da cidade, imóvel bizarro e meio kitsch — mas nem por isso menos fascinante — que o velho Janos Gabor, o Rei das Joias, adquiriu em 1966 do filho arruinado de um velho barão do café.

O sol já vai alto no céu, minha sombra no piso de cerâmica decorada do terraço se encolhe cada vez mais para junto de mim, e Julia ainda dorme. Não vou acordá-la. Uma criada veio bater na porta há alguns minutos para perguntar se devia servir o café da manhã no quarto, mas a dispensei. Estou em jejum, de cabeça leve, meu corpo acusa a vermelhidão do sol de inverno que o banha por inteiro há horas, mas nada disso importa enquanto escrevo em alta velocidade, determinado a chegar ao fim da história e a algum tipo de compreensão antes que Julia Gabor volte a abrir seus olhos dourados para me tragar, inapelavelmente, como o mar na ressaca.

Foi naquela manhã em Grumari, há nove dias, enquanto nossos corpos unidos eram embalados pelas ondas como se o vaivém amoroso fosse a própria respiração de todas as coisas existentes, morros, nuvens, gaivotas, pedras, peixes, conchas, foi ali que me senti despencar pela primeira vez no abismo dos olhos de Julia. Depois, na areia, nós dois ainda molhados mas já semivestidos para não escandalizar mais que o inevitável uma família de três gerações que vinha chegando à praia com sua formidável cesta de piquenique, ela me contou que Janos Gabor, grandalhão desde menino, mãos quadradas, tinha sido goleiro no primeiro time de pelada do pequeno Puskas quando os dois tinham sete ou oito anos, em meados dos anos 1930.

Janos era vizinho de Ocsi — "Irmãozinho", como o

pequeno Ferenc era chamado — em Kispest, hoje um bairro regular de Budapeste mas na época um subúrbio pobre, distante e desolado da capital húngara, cujo maior orgulho era abrigar a sede de um time profissional da primeira divisão do país, o Kispest Futebol Clube. Como os outros meninos das redondezas — entre eles Jozsef Bozsik, que ao lado de Puskas também acabaria atuando pela mitológica seleção nacional dos anos 1950 —, Janos só queria saber de jogar bola nos terrenos baldios que não faltavam no lugar.

Constrangedoramente ruim com os pés, sem uma fração sequer da habilidade do canhotinho Ocsi, o avô de Julia logo descobriu que a envergadura e a coragem suicida de se atirar em todas as bolas, mesmo em terreno pedregoso, mesmo expondo o rosto aos pontapés dos meninos maiores, lhe valiam admiração geral como goleiro. Vivia esfolado, coberto de hematomas, às vezes fraturava um dedo ou perdia um dente. Quanto mais estropiado ficava, mais era reverenciado pelos outros moleques e mais orgulhoso se sentia.

Ocsi lhe disse uma vez que, se continuassem juntos, seriam campeões do mundo. Havia no baixinho Puskas alguma coisa, uma aura, um germe de glória, que tornava incontestáveis suas palavras. Janos Gabor acreditou. O futebol era sua vida e assim seria para sempre.

19. POR QUE VOCÊ NÃO MORRE, NISSIM?

Ser um goleiro lendário no bairro, me contou Julia, fazia Janos se sentir forte, temido e destemido. Tudo aquilo que seu pai, o modesto relojoeiro judeu Nissim Gabor, não era. Com seus óculos de armação redonda e sua corcunda, sua voz mansa e seus movimentos vagarosos, sua falta de ambição e sua tendência doentia a cair no sono à menor oportunidade, o pai era tudo o que o menino desprezava. Idolatrava a mãe em igual proporção, torcendo em segredo para que um dia Nissim deixasse de acordar de uma de suas sonecas. Ou, em trama alternativa não menos excitante, que o pobre coitado recebesse uma carta anônima revelando que não era o verdadeiro pai de Janos e, ferido em seu diminuto orgulho de macho, fosse embora para sempre. O fundamental era que, no fim, o menino se visse livre para ser feliz ao lado da exuberante, alegre, belíssima Ilona, em cujos cabelos morava o sol poente — a mais antiga ruiva desta história.

— Janos dizia que eu sou parecida com ela — Julia me contou. — E que meu pai tinha puxado a Nissim. Mas meus pais morreram num acidente de carro quando eu ainda era pequena, quase não me lembro deles. E na minha memória Ilona é só uma velha caduca que falava sozinha em húngaro. Sobramos eu e Janos. Sempre fomos um par.

Por ironia, foi a idolatrada Ilona quem implicou com a paixão esportiva do filho. Deu para ir buscá-lo na rua e tangê-lo para casa a golpes de cinto, o que acrescentou um novo tipo de marca — vermelha e certinha, como se fosse traçada com régua — àquelas que o menino colecionava da cabeça aos pés. Coube a Nissim defender Janos. Sem a intervenção suave mas decisiva do pai, o goleiro das peladas do bairro não teria acompanhado Puskas e Bozsik quando, em 1937, um treinador do Kispest convocou o trio para jogar na equipe infantil do clube.

Aqueles moleques não demorariam a fazer história. No ano seguinte houve dois acontecimentos cruciais, um em Kispest, o outro na França: o pai de Ocsi assumiu o cargo de técnico do time infantil; e a seleção húngara chegou à final da Copa do Mundo contra a Itália, feito que, mesmo com a derrota por 4 a 2, incendiou de vez os sonhos daquela geração espantosa à qual pertencia o avô de Julia. Os êxitos da equipe infantil do Kispest encantaram o país, arrastando Janos numa onda de euforia puberdade adentro. Registrou como notícia remota o início da Segunda Guerra Mundial. Em março de 1940, quando Nissim foi preso pelo governo de Miklós Horthy, aliado da Alemanha nazista, e internado num campo de trabalho em que passava o dia carregando pedras para erguer casas que devia demolir no dia seguinte, o filho julgou confusamente que ele nada colhia além do castigo merecido por ser tão frouxo. O resultado foi que no fim daquele ano, ao se ver extraído de um dia para outro de seu sonho, sem tempo de sequer se despedir de Ocsi, o rapagão taludo que até então era titular absoluto debaixo dos paus da equipe mirim do Kispest não estava pronto para o que o aguardava.

Aproveitando-se da licença de fim de ano concedida a Nissim no campo de trabalho, a família pegou um trem noturno para Lisboa. Na bagagem magra de retirantes forçados ia a milagrosa carta-convite da Divisão de Cooperação Intelectual do Ministério das Relações Exteriores do Brasil, passaporte para sua sobrevivência num país distante mas também louco por futebol — embora desse detalhe, por enquanto, Janos nada soubesse.

20. UM "ALEMÃO" ENTRE OS BÁRBAROS

Julia me contou que aquela carta diplomática salvadora era o maior tabu da história da família Gabor. Tais documentos de imigração eram distribuídos com avareza naqueles anos, brechas na muralha do desespero que se abriam apenas para personalidades israelitas de relevo, cujo potencial de contribuição cultural ao país de destino estivesse acima de discussão. Não eram tesouros acessíveis a trabalhadores pouco qualificados como Nissim. Janos detestava falar do assunto. Quando o pressionavam, dizia que o Brasil de meados do século xx tinha carência de bons relojoeiros e que, por incompetência, algum cônsul idiota julgara seu pai uma sumidade nesse campo. Não sei se por conjectura ou por contar com uma fonte alternativa de informação, Julia acreditava numa história diferente. Uma história em que a exuberante, alegre, belíssima Ilona, em cujos cabelos morava o sol poente, se aproximava de um diplomata brasileiro mais fogoso e — bem, o resto é fácil imaginar.

Foram morar em Marechal Hermes, subúrbio operário do Rio de Janeiro, de onde Nissim se deslocava todo dia de trem para trabalhar numa relojoaria do centro. Ilona empregou numa máquina Singer de segunda mão as poucas economias que tinha trazido consigo e começou a costurar para fora. Talvez fossem infelizes, mas a luta pela sobrevivência não lhes dava tempo de perceber isso. Julia me contou que coube a Janos, menino, receber sozinho nos ombros largos o peso descomunal da depressão.

Foi parar numa escola pública em que todos os colegas tinham a metade de sua altura, num descompasso genético que logo ganharia o auxílio do descompasso educacional: resistente ao aprendizado de uma língua estranha que lhe parecia molenga, como se fosse falada por velhos banguelas, levou bomba e logo se via, branco e gigantesco, mais conspícuo do que nunca em meio a um bando de crianças amarronzadas. Começou a suspeitar que aquela mudança de país não representaria apenas uma temporada no inferno: o inferno estava ali para ficar.

Não entendia por que o chamavam de Alemão. Odiava os alemães, repetia em vão aos bárbaros que o cercavam. Era por causa dos alemães que tinha vindo parar no calor insuportável desse país selvagem. As tentativas de explicar o que significava ser magiar se enredavam em seu português ainda pobre e só pioravam a situação.

— Ih, o Alemão não gosta de ser alemão!

— Relaxa, Alemão. Cada um tem que se conformar em ser o que é.

— É, não vê o Anísio? O Anísio é veado, e tudo bem!

— Veado é teu pai, seu...

E assim seguiam as conversas, deixando Janos frustrado. Que espécie de brincadeira era aquela em que primeiro lhe tiravam a pátria, o chão, o futebol que era o sentido da vida, e depois lhe atribuíam com requintes de malevolência a identidade do inimigo — de tudo o que ele mais odiava? Embora não soubesse dizer, pensando bem, se odiava mais a Alemanha ou aquele Brasil rude com seu sol de ferro em brasa, suas casas e ruas de aparência inacabada, em que ninguém levava nada a sério e todos, como hienas num documentário de bichos que tinha visto no cinema em Kispest, ficavam o tempo todo se mordendo e gargalhando, gargalhando e se mordendo...

A raiva fez Janos demorar a perceber que aquele país rude era tão apaixonado por futebol quanto ele mesmo. Quando enfim se deu conta disso, achou que seria salvo do desespero pela linguagem universal da bola. E foi mesmo, até encontrar Feijão.

21. DÁ-LHE, FEIJÃO!

Era um contra-ataque do time deles. Feijão passou na corrida pelo último defensor e veio para cima do goleiro. O goleiro era um rapaz robusto, branco feito leite, famoso nas peladas de Marechal Hermes com a alcunha de Alemão. Fazia uns seis meses que havia conquistado o respeito de companheiros e adversários, tanto por suas qualidades técnicas quanto por seu arrojo. Na divisão dos times, após o par ou ímpar, era um dos primeiros a ser escolhidos — feito raro para quem evitava gols em vez de marcá-los. Começava a acreditar que talvez fosse possível reconstruir a vida naquele fim de mundo.

Ao ver o atacante adversário correndo livre em sua direção, Janos deu alguns passos à frente para encurtar a visão que ele tinha do gol: tudo bem até aí. O problema era que Feijão, um negro luzidio que corria bamboleando como se fosse feito de borracha, gozava da fama de ser o maior craque do bairro. Aquele, sim, era o primeiro a ser escolhido nas peladas. Fiel à sua reputação, o craque de várzea fez algo que ninguém esperava: na entrada da área, a um passo de distância do goleiro, estacou de repente. Pondo o pé esquerdo em cima da bola, canhoto que era, começou a puxá-la para trás. Para trás — o cara estava andando para trás! Como nada parecido jamais fora visto na Hungria, o experiente guarda-meta conhecido como Alemão fez então um papel ridículo de neófito: à sua revelia, viu-se caminhando devagarzinho para a frente, pernas arqueadas, braços estendidos na direção da bola como se tentasse agarrar uma galinha no terreiro.

— Dá-lhe, Feijão!
— Humilha o gringo!

Ouviu as gargalhadas dos torcedores ao mesmo tempo que, sem tirar os olhos da bola, vislumbrava no rosto de Feijão um sorriso de escárnio. Uma onda vermelha turvou sua visão — malditos brasileiros, teve tempo de pensar, por que não conseguiam ser sérios? — e produziu o ofuscamento necessário para que o palhaço travestido de jogador lhe metesse a bola entre as pernas e, num salto que parecia impulsionado por molas, ficasse com o gol escancarado diante de si.

Claro que Janos tentou dar meia-volta para persegui-lo. Queria agarrar as pernas de Feijão, arrancar seu coração do peito magro com as mãos nuas ou pelo menos cometer pênalti — qualquer coisa, menos aquele gol aviltante. Foi nesse momento, no meio do giro de cento e oitenta graus, que seu pé direito ficou preso num buraco do campo de terra batida e ele ouviu dentro de si um ruído de ruptura: *craaac*. Caiu no chão segurando o joelho e urrando de dor. A maior dor que já tinha sentido na vida.

Diagnosticaram rompimento total dos ligamentos cruzados. Hoje, com os recursos à disposição da medicina, talvez lhe fosse possível voltar a jogar futebol. Na época foi atendido num hospital público indigente da periferia carioca e saiu de lá manco para sempre.

Terminava aí a história que Julia me contou aquele dia, primeiro na praia e em seguida no carro, a caminho de casa. No fim as lágrimas corriam soltas por seu rosto — e como era lindo aquele rosto! Às desventuras de Janos seguiu-se um silêncio que eu não me atrevi a quebrar. Chegando ao castelinho Gabor, ela dispensou os empregados e me serviu o almoço simples, carne de panela com arroz, batatas e salada, que eles haviam deixado pronto. Depois fomos para a cama e de repente era noite, madrugada, manhã, noite outra vez. Eu estava curioso pelo fim da história de seu avô, mas sabia que não havia pressa. O tempo era nosso escravo.

22. A HORA DA VINGANÇA

Beatles ou Rolling Stones? Serra ou mar? Vinho ou cerveja? Tinto ou branco? Pelé ou Garrincha? Brie ou camembert? Chico Buarque ou Caetano Veloso? Beatles. Mar. Vinho. Tinto. Pelé. Brie. Chico.

É impressionante nosso índice de acerto no joguinho juvenil da compatibilidade de gostos que mantivemos aberto desde o primeiro dia, a pergunta sensata ou absurda podendo ser proposta a qualquer momento por um de nós dois, sem aviso. Era como se quiséssemos — que ridículo, que sublime — acertar os ponteiros de duas vidas inteiras.

Aspirina ou Tylenol? Mercurocromo ou mertiolate? Sartre ou Camus? Café ou chá? Enterro ou cremação? Gato ou cachorro?

— Nenhum dos dois — respondi. — Samambaia.

— Ah, você tem uma samambaia? E não precisa ir em casa dar uma regada nela?

— Outra hora eu vou.

Em algum momento Julia achou tempo para me contar que, quando a seleção húngara de seus amigos Puskas e Bozsik encantou o mundo na Copa de 1954 e começou a ser saudada pelos críticos como o melhor time de futebol de todos os tempos, Janos viveu emoções tão extremas quanto contraditórias. A dor de se ver roubado por Grosics do lugar sob as traves que por direito seria seu era lancinante, quase insuportável. Se conseguia suportá-la, era porque sobre a ferida se derramava o bálsamo de um desvairado orgulho patriótico-bairrista: mais que a Hungria, era Kispest, era a turma da sua rua que estava revolucionando o futebol! Ocsi tinha razão: seriam campeões do mundo. Janos sabia que só não estava ao lado de seus amigos de infância, naquele momento glorioso, por acidente, por um desvio da história, não pela lógica do futebol.

Perder a Jules Rimet na final para a Alemanha Ocidental, logo ela, resultado que surpreendeu o mundo inteiro, foi para o avô de Julia uma tragédia pessoal comparável ao exílio e à destruição de seu joelho.

Poderia ter se consolado em 1958, quando o Brasil conquistou na Suécia o título que havia escapado à Hungria quatro anos antes. Já teria motivos para ficar feliz por seu país de adoção: o tino comercial que faltava a Nissim ele possuía de sobra, e o pequeno negócio de ourivesaria que abrira em 1954 prosperava — a vida ia entrando nos eixos. Mas o efeito do triunfo brasileiro foi o oposto, me contou Julia. Seu avô se viu tomado por um despeito do tamanho do mundo.

Não era apenas a Copa que ia parar no país errado, longe demais de Kispest: a própria sensação de que o futebol estava sendo revolucionado em seus fundamentos por uma equipe mágica havia mudado de foco. Os novos feiticeiros, diziam os críticos, eram aqueles brasileiros endiabrados. Janos não conseguia olhar para Pelé sem ver Feijão.

A Hungria deixou a elite do futebol mundial para nunca mais voltar. O Brasil, ao contrário, se firmou no centro do palco com um título atrás do outro. Em 1970 o império J. Gabor estava consolidado e Janos era mais rico do que jamais imaginara ser, mas era um homem amargo. Dizia detestar aquele jogo mesquinho em que vinte e dois galalaus disputavam como crianças as graças caprichosas de uma bola. Estava pronto para se vingar dos usurpadores de sua glória.

— Suco de laranja ou champanhe? — perguntou Julia.

23. UM PACTO DE VIDA E MORTE

Abrindo os olhos na penumbra matinal das cortinas fechadas, ainda emaranhado nas imagens psicodélicas de um sono espesso, pensei que ela propusesse mais um lance de nosso jogo bobinho de namorados. Suco de laranja ou champanhe — que espécie de escolha era aquela?

— Ora, depende de... — comecei a dizer, erguendo o tronco para me recostar na cabeceira.

Foi então que a vi. No centro da bandeja sobre a cama, entre uma cesta de pães e uma pequena travessa com talhos de mamão, lá estava ela. As asas abertas. A fisionomia séria. Os seios inacreditavelmente pontudos, excitados, provocantes, sob as vestes lisas de caimento perfeito, presas na cintura por um cordão. Em defesa da minha sanidade mental, devo deixar registrado que pensei, evidentemente, ainda estar sonhando.

— Acho que champanhe tem mais a ver com o momento — disse Julia, e virou uma garrafa de Veuve Clicquot até o líquido borbulhante atingir a borda da cumbuca oitavada que Niké sustentava com seus dedos delgados.

Em seguida me deu de beber da taça que Janos Gabor, acionando seus contatos no submundo do comércio de ouro da cidade tão logo soube do roubo da Jules Rimet, comprou em dezembro de 1983 de um certo ourives argentino por dez quilos de metal maciço. Uma pechincha.

Ali estava um homem que sabia o valor das coisas. Só então compreendi Julia. Não é que ela fosse ninfomaníaca: apenas tinha em casa o maior afrodisíaco do universo. Os que partilhavam daquele segredo partilhavam também de seu poder. Eu sentia isso — sentia nas entranhas, pronto a me arrastar, levando minha amada comigo, entre uivos, pelos cômodos do castelinho de Santa Teresa, tomando posse de todos os tapetes, sofás, mesas, baús, cômodas onde dois corpos pudessem se dobrar e se fundir. Demarcando cada metro quadrado de território.

Mesmo em meu estado de exaltação, entendi desde o princípio que, ao dividir comigo um segredo daquela magnitude, Julia me envolvia num pacto de vida e morte. Sem um alerta sequer, sem consulta prévia — no instante em que meus olhos caíram sobre a beleza impossível de Vitória, eu já estava perdido: Julia, Jules e eu tínhamos nossas vidas entrelaçadas para sempre. Nossos corpos colados adquiriram a partir daquele momento uma gravidade de toneladas. Uma dimensão de eternidade passou a espreitar cada um dos espasmos efêmeros que extraíamos um do outro. Tudo ficou mais terrível, mais fundo, mais eufórico, mais maníaco, mais irremediável.

De repente me dei conta de que Julia não poderia ter me concedido prova de amor maior. E também que toda prova de amor é autoritária, ditatorial. Eu nunca fora tão livre. Eu nunca fora tão cativo.

Perguntei quem mais sabia. Ela brincou, dizendo que moças educadas não falam de boca cheia e tratando em seguida de me distrair com o mais baixo dos golpes. A pergunta ficou para outro momento.

Agora devem ser quase três horas da tarde e eu, pelado no terraço, à beira de uma insolação, vou chegando ao fim da minha história. Sinto um ardor na pele e os dedos dormentes em torno da caneta, um latejamento na cabeça, a fome apertando por fim. Daqui a pouco começará a cerimônia de abertura da Copa do Mundo, e pode ser que eu ligue a TV, mas também pode ser que não. Pela primeira vez a maior festa do futebol mundial parece menos importante — muito, muito menos importante — do que minha própria vida.

24. A MOLESKINE DE CAPA PRETA

Decidi que de hoje não passará. Estou disposto a carregar com prazer e orgulho pela vida afora o peso descomunal desse segredo, lado a lado com Julia, mas primeiro preciso extrair da mulher mais maravilhosa que já conheci uma informação singela: quem mais sabe?

Minha decisão é madura. Sam Spade decide entregar a bela Brigid O'Shaughnessy à polícia no último capítulo de *O falcão maltês*, após descobrirem que a estatueta que andavam perseguindo não passava de uma réplica sem valor. Teria feito o mesmo se a peça fosse verdadeira e eles acabassem ricos? Ou, já que seus sentimentos pela moça pareciam verdadeiros, optaria por correr o risco de passar o resto da vida ao lado da assassina de seu sócio, bandidinha profissional que aparentemente também o amava, porque afinal de contas a vida é uma só e convém agarrar as oportunidades quando elas surgem — *carpe diem*?

Compreendo que trair Julia e seu segredo, sendo a coisa certa a fazer do ponto de vista legal, talvez até moral, me igualaria à vileza de Peralta e seus bandidinhos pés de chinelo: entregar Julia à polícia seria o mesmo que vender o amor da minha vida por seu peso em ouro. Não haveria perdão para mim.

E simplesmente ter consciência de que a Jules Rimet ainda existe, que está íntegra, não será suficiente? Para que devolvê-la a um país que não soube cuidar dela? Não, a verdadeira questão não é legal ou moral. É espiritual: a taça do tricampeonato existe gloriosamente, não foi derretida. Está em solo brasileiro e, mesmo em segredo, emana da sua toca na parede de Julia Gabor uma aura vitoriosa sobre todos nós.

Ouço um longo bocejo do lado de lá das cortinas. Julia acordou e está me chamando com voz ansiosa, quase aflita:

— Cadê você?

Com certeza está pronta, como sempre. Eu também estou. Mas de hoje não passa.

— Estou indo, meu amor.

*

O texto acima, escrito à mão com esferográfica azul numa caderneta Moleskine de capa preta, estava no bolso traseiro da calça do escritor Rogério Limoeiro, um jeans embolado no chão ao lado da cama empapada de sangue em que ele e a socialite Julia Gabor foram encontrados mortos pela polícia — ambos nus, ele com três tiros no peito, ela com dois.

A mansão da herdeira do império J. Gabor em Santa Teresa estava revirada, o cofre arrombado, e não havia sinal de nada parecido com uma taça de ouro em lugar algum, disseram os investigadores. A existência de tal objeto maravilhoso também não era do conhecimento dos três empregados da casa, que, tendo ganhado folga em bloco na noite do crime, nada puderam contribuir para a elucidação da tragédia. Sua ajuda se limitou à identificação de alguns itens de valor que haviam desaparecido, como joias, obras de arte e vasos de porcelana.

Os originais inacabados de Jules Rimet, meu amor, *que o autor do best-seller* 1970 razões para morrer *estaria escrevendo, também nunca foram encontrados — o que levou a polícia a concluir que o texto rabiscado por Limoeiro na caderneta era o próprio livro, um delírio ficcional dos mais inverossímeis, e dar o caso por encerrado.*

1ª EDIÇÃO [2019] 1 reimpressão

ESTA OBRA FOI COMPOSTA EM MERIDIEN PELO ESTÚDIO O.L.M. / FLAVIO PERALTA E IMPRESSA EM OFSETE PELA GRÁFICA BARTIRA SOBRE PAPEL PÓLEN BOLD DA SUZANO S.A. PARA A EDITORA SCHWARCZ EM NOVEMBRO DE 2020

A marca FSC® é a garantia de que a madeira utilizada na fabricação do papel deste livro provém de florestas que foram gerenciadas de maneira ambientalmente correta, socialmente justa e economicamente viável, além de outras fontes de origem controlada.